MAES TERFYN

GAN **GWYNETH GLYN**

Comisiynwyd y ddrama hon gan Sgript Cymru, ei gyflwyno
gan Sherman Cymru, a'i pherfformio gyntaf Medi 19 2007
yn Theatr y Sherman, Caerdydd ac yna ar daith ledled Cymru.

CAERDYDD	**THEATR Y SHERMAN**	19 – 22 MEDI
FELINFACH	**THEATR FELINFACH**	25 – 26 MEDI
BANGOR	**THEATR GWYNEDD**	28 – 29 MEDI
PWLLHELI	**NEUADD DWYFOR**	2 – 3 HYDREF
HARLECH	**THEATR HARLECH**	5 HYDREF
ABERTAWE	**THEATR Y GRAND**	9 – 10 HYDREF
ABERYSTWYTH	**CANOLFAN Y CELFYDDYDAU**	13 HYDREF

Delwedd y Clawr: A1 Design
Cynllun: Olwen Fowler
Llun y Clawr: Kirsten McTernan
Cysodwyd gan: Eira Fenn

Argraffwyd yng Nghymru gan Wasg Cambrian, Aberystwyth
ISBN: 0-9551466-3-1 978-0-9551466-3-3

Cyhoeddir y llyfr hwn gyda chefnogaeth ariannol Cyngor Llyfrau Cymru

CAST

DWYNWEN	Sêra Cracroft
EMYR	Huw Garmon
JO	Lauren Phillips
DYNES	Dora Jones

TÎM CYNHYRCHU

AWDUR	Gwyneth Glyn
CYFARWYDDWR	Arwel Gruffydd
CYSWLLT ARTISTIG	Elen Bowman
CYNLLUNYDD SET A GWISGOEDD	Colin Falconer
CYNLLUNYDD GOLEUO	Elanor Higgins
CYNLLUNYDD SAIN/CYFANSODDWR	Simon Allen
RHEOLWR CYNHYRCHIAD	Nick Allsop
RHEOLWR LLWYFAN	Brenda Knight
DIRPRWY REOLWR LLWYFAN	Rachel Burgess
ARTIST SET	Louise Bohling
GOLEUO AR DAITH	Jon Turtle
ADEILADU SET	Square Leg Productions

DIOLCHIADAU

Morfudd Hughes, Owen Arwyn, Emma Jones, Bethan Elis Owen, Elin Wmffras, Coleg Brenhinol Cerdd a Drama Cymru, Wales Theatre Company, Sarah Cole, Theatr na n'Og, Mappa Mundi, Janet Wilding a Greg Griffiths yn Sain Ffagan: Amgueddfa Werin Cymru, Fresh Poultry (Wales Ltd), Cymuned, Geoff Moore yn Moving Being.

SHERMAN CYMRU

Ym mis Ebrill eleni, ymunodd Sgript Cymru â
Theatr y Sherman i greu sefydliad newydd fydd
ar flaen y gad yn sector y theatr yng Nghymru.

Ein nod yw cynhyrchu a chyflwyno theatr uchelgeisiol,
bwerus fydd yn ysbrydoli cynulleidfaoedd, ac arwain
mentrau a phrosiectau fydd yn galluogi pobl i gyfrannu
yn y broses greadigol o greu theatr.

Yn ganolig i'r gwaith hyn fydd ein hymrwymiad i
ddatblygu a hyrwyddo gwaith gan ddramodwyr sy'n
gweithio yng Nghymru, i feithrin cyfraniad pobl ifanc
yn y profiad theatrig, ac i hybu datblygiad artistiaid
newydd y genhedlaeth nesaf.

Mae creu Sherman Cymru yn gyfle gwych i wneud
cyfraniad parhaol i ddatblygiad cenedlaethol a
rhyngwladol y theatr yng Nghymru ac i fywiogrwydd
cynhyrchu a chyflwyno theatrig yn y brifddinas.

Am fwy o wybodaeth am weithgareddau cyson
Sherman Cymru ac i gofrestru ar gyfer ein e-fwletin
ewch i'n gwefan - **www.shermancymru.co.uk**

SÊRA CRACROFT
Dwynwen

Graddiodd Sêra gydag anrhydedd mewn Saesneg a Drama o CPGC, Bangor.

Theatr
Codi Stêm, Barbaciw (Cwmni Hwyl a Fflag); *Rigor Mortis II* (Bara Caws); *Y Cylch Sialc, Yr Aduniad* (Cwmni Theatr Gwynedd); *The Changelings* (Clwyd Theatr Cymru); *The Shoemaker's Holiday* (Mappa Mundi); *The Bankrupt Bride* (Theatr na n'Og).

Teledu
Pobol y Cwm (BBC Cymru); *Rownd a Rownd, Amdani* (Ffilmiau'r Nant).

Ffilm
Y Mynydd Grug (Llun y Felin); *Yr Eneth Fwyn* (Ffilmiau Bryngwyn/BBC Cymru).

Yn ogystal mae Sêra wedi actio mewn sawl drama radio megis *Eileen, Shirley Valentine* (BBC Radio Cymru) a *Fire of the Dragon* (BBC Radio 4).

HUW GARMON
Emyr

Graddiodd Huw mewn drama o Brifysgol Aberystwyth cyn dilyn cwrs actio yng Ngholeg Drama East 15, Llundain.

Theatr
Yn ddiweddar: *Cariad Mr Bustl* (Theatr Genedlaethol Cymru); *Mae Gynnon ni Hawl ar y Sêr* (Llwyfan Gogledd Cymru); *Pwyll Pia'i, Hela'r Twrch Trwyth, Breuddwyd Branwen* (Cwmni Mega); *Amdani* (Sgript Cymru).

Teledu
Pobol y Cwm, Y Tŵr (BBC Cymru); *Y Wisg Sidan* (Ffilmiau Llifon); *Y Siop* (Ffilmiau Bryngwyn); *Treflan* (Alfresco).

Ffilm
Hedd Wyn (Pendefig); *Pum Cynnig i Gymro, Noson yr Heliwr* (Lluniau Lliw/4L Productions); *O.M.* (BBC Cymru/Ffilmiau Eryri).

Mae ei waith diweddar hefyd yn cynnwys y dramâu radio *Blodeuwedd* ac *Esther* (BBC Radio Cymru) a *Heretics* (BBC Radio 4).

LAUREN PHILLIPS
Jo

Mynychodd Lauren Athrofa
Celfyddydau Perfformio Lerpŵl
gan dderbyn BA gydag anrhydedd
yn y Celfyddydau Perfformio.

THEATR
Bloody Poetry (Moving Being).

TELEDU
Amdani (Ffilmiau'r Nant); *Holby City*
(BBC); *Pobol y Cwm, Torchwood* (BBC
Cymru); Hysbysebion Principality &
Nicorette Fresh Mint Gum.

Mae Lauren hefyd yn ddawnswraig
a choreograffydd ac yn gyflwynwraig
ar y rhaglen deledu newydd *Dawns
Tastig* (Apollo).

DORA JONES
Dynes

Mae gan Dora dros ugain mlynedd
o brofiad o berfformio ar lwyfan ac
ar y sgrin.

THEATR
Yn cynnwys: *Home Front*
(Theatr Gwent); *Faultline* (Theatr
y Stiwt/Llwyfan Gogledd Cymru);
Night Must Fall (Clwyd Theatr
Cymru), *Un Funud Fach* (Hwyl
a Fflag); *William Jones* (Theatr
Gwynedd); *Full Circle* (Hijinx);
Cinio Ysgol (Arad Goch).

TELEDU
Yn cynnwys: *Llythyrau Ellis Williams*
(Sianco); *Pobol y Cwm* (BBC Cymru);
Pen Tennyn (Llifon/HTV); Glan
Hafren (HTV) Mostyn Fflint (Elidir).

Bydd Dora yn ymddangos ar ein
sgriniau yn yr hydref yn y gyfres
newydd o *Rownd a Rownd*
(Ffilmiau'r Nant).

GWYNETH GLYN
Awdur

Magwyd Gwyneth yn Llanarmon, Eifionydd. Astudiodd Athroniaeth a Diwynyddiaeth yng Ngholeg Iesu, Rhydychen, ble bu'n aelod o gymdeithas ddrama O.U.D.S a'r Oxford Revue.

Theatr
Ysgrifennu yn cynnwys - *Priodas Alwminiwm* (Sgript Cymru); *Ar y Lein* (Theatr Bara Caws); *10%* (Cwmni'r Frân Wen); *Plas Drycin* (Theatr Genedlaethol Cymru).

Mae hi wedi ysgrifennu llyfrau i blant a phobl ifanc ar gyfer gweisg Y Lolfa, Drefwen a Gwasg Carreg Gwalch a threuliodd flwyddyn fel Bardd Plant Cymru 2006 – 2007.

Ym mis Mai eleni rhyddhaodd ei hail albym, *Tonau*, ar ei label ei hun – Recordiau Gwinllan.

ARWEL GRUFFYDD
Cyfarwyddwr

Graddiodd Arwel o CPGC, Bangor cyn mynd ymlaen i hyfforddi fel actor yng ngholeg drama Webber Douglas, Llundain.

Theatr
Fel cyfarwyddwr yn cynnwys: *Noson I'w Chofio, Gwe o Gelwydd* (Cwmni Inc); *Mae Sera'n Wag* (Sgript Cymru/Prosiect 9). Fel actor yn cynnwys: *Diweddgan* (Theatr Genedlaethol Cymru); *Drws Arall i'r Coed, Diwrnod Dwynwen* (Sgript Cymru).

Teledu
Fel actor yn cynnwys: *Treflan* (Alfresco); *Bob a'i Fam* (Tonfedd Eryri); *A470* (HTV); *Iechyd Da* (Bracan).

Ffilm
Fel cyfarwyddwr yn cynnwys: *Amser Chwarae, Cyn Elo'r Haul (Ffilmiau Unnos); Y Consuriwr* (Teledu Opus). Fel actor yn cynnwys: *Hedd Wyn* (Pendefig); *Oed yr Addewid, Cylch Gwaed* (Ffilmiau'r Nant).

Enillodd Arwel Wobr DM Davies 2002 am *Cyn Elo'r Haul* a BAFTA Cymru 2002 (Actor Gorau) am *Treflan*.

COLIN FALCONER
Cynllunydd Set a Gwisgoedd

Astudiodd Colin yng Ngholeg Dylunio
Duncan of Jordanstone, Dundee a
Phrifysgol Nottingham Trent.

Theatr
Yn cynnwys: *Northanger Abbey*
(Salisbury Playhouse); *Blithe Spirit*
(Watford Palace Theatre); *Plunder*
(Watermill Theatre/Greenwich
Theatre); *Outlying Islands* (Theatre
Royal Bath); *Cariad Mr Bustl,
Diweddgan, Dominos* (Theatr
Genedlaethol Cymru).

Ar hyn o bryd mae Colin yn dylunio
cynhyrchiad *Anansi Trades Places*
i Talawa Theatre Company.

ELANOR HIGGINS
Cynllunydd Goleuo

Graddiodd Elanor o Goleg Brenhinol
Cerdd a Drama Cymru lle mae hi
erbyn hyn yn gweithio fel darlithydd
rhan amser.

Theatr
Yn cynnwys: *Acqua Nero, Indian
Country, Past Away, Art and Guff,
Amdani, Cymru Fach* (Sgript
Cymru); *Rats, Buckets and Bombs*
(Nottingham Playhouse); *The
Caretaker* (The Torch Theatre);
A Rakes Progress (Welsh National
Youth Opera); *Frida and Diego, Faust*
(National Youth Theatre of Wales);
Boxin' (Kompany Malakhi).

Cyn dechrau ar yrfa annibynnol
gweithiodd fel technegydd goleuo
i'r WNO, National Theatre a'r
Leicester Haymarket.

SIMON ALLEN
Cynllunydd Sain/Cyfansoddwr

Theatr
*Waves, Seagull, A Dream Play, The
Tempest* (National Theatre); *Not the
End of the World, The Seagull* (Bristol
Old Vic); *The Taming of the Shrew*
(Theatre Royal Plymouth); *The Blue
Room* (Theatre Royal Bath); *Buzz,
Diwrnod Dwynwen* (Sgript Cymru).

Ffilm
Sgoriau yn cynnwys - *Stalk, Tree,
Sea Change* (Slinky Pictures).

Simon yw Cyfarwyddwr Artistig
Seeing in the Dark - prosiect aml-
gyfryngol yn India a Bangladesh yn
canolbwyntio ar iawnderau dynol.

MAES TERFYN

GAN **GWYNETH GLYN**

Cymeriadau:

Dwynwen

Emyr

Jo

Dynes

ACT 1

GOLYGFA 1

*Argraff o gegin tŷ ffarm henffasiwn. Hen Aga a bwrdd pren solat
yn teyrnasu dros y gofod. Tydi'r môr ddim yn bell.
Mae **Emyr** yn gwyro dros ei liniadur, yn cyfieithu'r fwydlen wrth ei
ymyl. Mae'n bodio drwy eiriadur Bruce. Brasgama **Dwynwen** i'r
tŷ. Mae hi'n gosod iâr wedi ei phluo ar fwrdd y gegin. Mae
Dwynwen yn gadael am allan.
Mae **Emyr** yn parhau â'i waith. Mae **Dwynwen** yn dychwelyd hefo
hen fwced ac ynddi ychydig o datws. Mae hi'n dechrau eu plicio.*

DWYNWEN: Ti byth 'di trwsio ffens yr ieir.

*Mae **Emyr** yn rhoi cardigan amdano.*

DWYNWEN: Be sy'n bod ar y sdydi? Fanno f'i di wrthi fel
      arfar.

EMYR: Ma'i fath â Siberia yno.

DWYNWEN: Chdi oedd yn mynnu'n bod ni'n helcid y tân
      trydan fyny grisia.

EMYR: Ol ia; oedd raid inni gnesu'r llofft, doedd.

DWYNWEN: Tynnu gwaith i'n penna.

Saib.

DWYNWEN: Be nei di hefo fo, ti'n gwbod?

EMYR: Mm?

1

DWYNWEN: Y Jo 'ma. Sgin ti weithgaredda wedi'u trefnu? Ta 'da chi am fod dan draed yn fama drw'r wsnos?

EMYR: Castell Criciath, lan môr, peint yn y Plu ella.

DWYNWEN: Fiw iddo fo siarad gair o Saesneg yn fanno!

EMYR: Ma' gyno fo rywfaint o Gymraeg me' fo. Sguthan.

DWYNWEN: Be?

EMYR: Sguthan – wood pigeon.

DWYNWEN: O.

Saib.

DWYNWEN: Ma' gin i isho talu'r ffariar.

EMYR: Mi 'na i os lici di.

DWYNWEN: Hefo be, cregyn lan môr?

EMYR: Ga i gampunt am hon ar ôl imi'i gorffan hi.

DWYNWEN: Campunt? Dyna'r oll? Dyddia cyfa ar eu hyd!

EMYR: Dyna pam fy' 'n dda inni wrth y pres dysgu 'ma.

DWYNWEN: Dwi'n mynd i godi moron cyn 'ddi droi'n law.

*Aiff **Dwynwen** allan fel corwynt.*

*Mae **Emyr** yn gweithio a rhynnu bob yn ail. Mae'n cymryd seibiant gan orchuddio ei lygaid â'i ddwylo. Mae'n ochneidio.*

*Crwydra **Jo** i mewn, ei sgidiau sodlau yn fwd i gyd, a'i gwallt a'i dillad yn damp. Mae **Jo** yn gwylio **Emyr** am eiliad neu ddwy. Bron nad ydi o'n pendwmpian.*

JO: Hi, I'm Jo. The door was open.

*Mae **Emyr** yn neidio o'i groen.*

JO: Sorry. Emyr?

*Mae **Jo** yn dal ei llaw allan.*

EMYR: Jo!

JO: I'm here for the language course?

EMYR: Yes, yes of course . . . Jo . . .

JO: – Jo, Joss, Jocelyn, whatever. Really good to meet you.

*Mae **Jo** yn cynnig ei llaw eto.*

EMYR: Sorry, I . . . I was expecting a man! Jo . . .

JO: Oh right!

EMYR: But you're obviously not . . . a man.

JO: No. No, I don't think so!

EMYR: Right! Well, anyway, I'm Emyr.

Maent yn ysgwyd llaw.

JO:	Good, well I'm glad we've got that sorted!
EMYR:	Ti'n oer. Cold.
JO:	I know! Got caught in the rain.
EMYR:	Let me just . . .

*Mae **Emyr** yn troi deial yr Aga i fyny.*

EMYR:	'Na ni – you'll be warmer in no time!
JO:	That's very kind, thanks!

Saib.

JO:	Yeah, I had to walk all the way down the track. Taxi driver insisted on dumping me in the road.
EMYR:	You got a taxi all the way from Bangor?
JO:	Don't blame him, though. It would've knackered his little Mondeo! Then it starts pissing it down . . .
EMYR:	You didn't see my wife?
JO:	Haven't seen anyone. Except sheep. Don't know what they were all staring at.

Saib.

JO:	Nightmare of a journey – lost all my stuff.

4

EMYR: I was just going to ask.

JO: I know! Nightmare. Everything, all my clothes. Arriva Trains didn't want to know. And Virgin! God! All those red coats parading on the platform twiddling their thumbs, and when something actually happens, when you actually need them to do something . . . Anyway, amazing views along the coast!

EMYR: Yes?

JO: Yeah! Really amazing.

Saib.

EMYR: My wife . . . she's out.

JO: Oh?

EMYR: In the field.

JO: Oh how lovely for her!

Saib.

EMYR: Your room's upstairs on the right, ar y dde; bathroom's on the left, ar y chwith. Well, half a bathroom!

JO: Oh you're doing it up?

EMYR: Ym . . . trying to.

JO: What, you're doing it yourself?

EMYR: Sort of.

JO: That's amazing! We've just got a big antique
                 standalone bath put in. French; Ollie got it
                 shipped from Marseille. I mean it's absolutely
                 huge! Bigger than my old flat! And under-
                 floor heating, there's another godsend!

EMYR: Underfloor heating . . . 'clwy! We just wear
                 three pairs of socks!

*Mae **Jo** yn chwerthin.*

EMYR: To keep warm.

JO: Right. Well, I might just go and dry myself
                 off and chill for a bit then.

EMYR: Yes of course . . . you go and chill.

*Mae **Jo**'n mynd i gyfeiriad y llofft, gan adael **Emyr** i bendroni.
Daw Dwynwen i mewn hefo ychydig o foron budron mewn hen
bowlen olchi llestri.*

DWYNWEN: Prin ddigon i ni'n dau heb sôn am dy lojar di.
                 Pryd mae o i fod i landio?

EMYR: Ma'r lojar yma.

DWYNWEN: Be?

EMYR: Ma'r lojar wedi landio.

DWYNWEN: Pam na 'sa chdi 'di deud? Lle mae o?

EMYR: Hi 'di o.

DWYNWEN: Hi? Be, hogan? Dynas?

EMYR: Ia. Jocelyn.

DWYNWEN: Dyn ddudist ti.

EMYR: Wel ia – Jo yn yr ebost – be o'n i fod i feddwl?

DWYNWEN: Dynas?

EMYR: Ia.

DWYNWEN: Ol lle ma' hi?

EMYR: Fyny grisia.

*Saib wrth i **Dwynwen** ddod i delerau â'r syniad.*

DWYNWEN: Fydd raid iddi dalu'i ffordd.

EMYR: Bydd siŵr, fel 'dan ni 'di cytuno.

DWYNWEN: Gna di'n siŵr bod chdi'n gael o gyni bob ceiniog: 'di pawb ddim yn dryst.

EMYR: Ma' hi i weld yn hogan iawn.

DWYNWEN: Hogan? Dynas ddudist ti.

Saib byr.

DWYNWEN: Sud un ydi hi? O ran 'i golwg.

EMYR: 'Dwn 'im . . .

DWYNWEN: Tal, byr, tew, tena?

*Daw **Jo** i mewn o gyfeiriad y grisiau.*

JO: Hi! Hello! I heard voices – thought I'd come
              and . . . You must be Dwynwin?

DWYNWEN: Dwyn-wen, ia 'na chi.

JO: As in the goddess of love?

DWYNWEN: Wel, santes, ia.

EMYR: Santes Dwynwen.

JO: What a romantic name! Didn't she live on an
              island round here?

EMYR: Well, yes . . .

DWYNWEN: Bellafoedd byd o fama, be s'an ti? Sir Fôn;
              Anglesey.

EMYR: Ynys Llanddwyn.

JO: That's amazing! I wish I was named after a
              goddess!

DWYNWEN: Oedd Emyr yn meddwl na dyn oedda chi! He
              thought you were a –

JO: – A man! Yeah I got that. Amazing!

Saib byr.

DWYNWEN: Felly 'dach chi yma i 'loywi' eich Cymraeg?

JO: Sorry?

DWYNWEN: Angan mwy na gloywi ddudwn i.

EMYR: Gloywi – to polish. To refresh your Welsh.

JO: Gloy . . .

EMYR: Gloywi.

JO: Gloywi.

DWYNWEN: Be 'di'i heno, dwch . . . nos Sul . . . wel siawns y bydd hi'n sgleinio fath â swllt erbyn dydd Sadwrn!

Saib.

DWYNWEN: Reit ta, Jo, be am banad? Panad?

JO: Oh, that'd be great.

DWYNWEN: Te, ia?

JO: Ia . . . diolch. What's white tea?

DWYNWEN: Te gwyn. A llefrith yn ffres o'r fuwch. Buwch – cow.

JO: No milk for me. I'm lactose-free. I don't have anything from a cow.

DWYNWEN: Ond te gwyn ddudist ti – hefo llefrith.

JO: No, te gwyn, as in white tea. It's like green tea except it's not green, it's white, and it's got loads more antioxidants and less caffeine.

*Mae **Dwynwen** yn rhoi dau fag te yn y tebot a thywallt dŵr o'r teciall sydd ar yr Aga. Mae hi'n sylwi bod yr Aga wedi poethi.*

DWYNWEN: Ti 'di troi hon i fyny.

EMYR: Do d'wad?

DWYNWEN: Llosgi pres. Ma' hi fath â becws yma, tydi Jo bach!

EMYR: Oedd hi fath â iglw yma gynna.

DWYNWEN: Fath â becws! 'Da chi'n 'i cha'l hi'n glòs yma?

JO: I'm fine.

DWYNWEN: Peidiwch â bod yn swil – dudwch os 'da chi'n rhy boeth – rhy boeth?

EMYR: Ma'r hogan yn iawn.

DWYNWEN: Gad iddi atab drosti'i hun, bendith tad. Rhy boeth 'da chi, ia?

JO: It's actually a bit nippy.

*Mae **Dwynwen** yn rhoi llefrith mewn cwpan a thywallt paned i **Jo**.*

DWYNWEN: Mi gneswch ar ôl eich panad.

*Mae **Dwynwen** yn gosod paned o de cyffredin o flaen **Jo**; nid gweithred faleisus, dim ond methu addasu.*

JO: Erm . . . I wonder if I could just have some hot water?

DWYNWEN: Dŵr poeth?

JO: Yeah, just . . . dŵr poeth.

DWYNWEN: Dŵr plaen o'r teciall? Gymrwch chi Ribena ynddo fo?

JO: No, just . . . just some hot water would be great, thanks.

*Mae **Dwynwen** yn llygadu'r baned wrthodedig. Mae **Emyr** yn cymryd y baned i osgoi annifyrrwch.*

EMYR: Diolch yn fawr!

JO: Croeso!

*Mae **Dwynwen** yn tywallt cwpaned o ddŵr i **Jo**.*

DWYNWEN: Sut siwrna gawsoch chi?

EMYR: Siwrna – journey.

JO: Horrendous. They call it a direct service and then they make you change twice!

DWYNWEN: Tewch.

11

JO: That's how I lost my stuff. When we got into Crewe I couldn't find my suitcase. I dunno if somebody took it by mistake or –

DWYNWEN: – Wedi'i ddwyn, saff ichi.

EMYR: Wedi'i ddwyn: stolen.

JO: So I was wondering whether perhaps you had something I could wear to bed?

DWYNWEN: Oes tad, mi gewch fenthyg rwbath. You can lend.

EMYR: Borrow.

*'Dyw **Dwynwen** ddim yn licio cael ei chywiro.*

DWYNWEN: Benthyg.

JO: And maybe a change of clothes for tomorrow?

DWYNWEN: Mi ffendia i rwbath i chi.

JO: Diolch.

Saib bach lletchwith.

DWYNWEN: Wel, pryd ma'r 'gloywi' 'ma'n mynd i gychwyn ta?

EMYR: Bora fory, ia Jo?

*Mae **Jo** yn nodio a gwenu; **Dwynwen** yn clocio'r ddealltwriaeth.*

EMYR: Ti'n dallt Cymraeg yn iawn, dwyt? Mond bo chdi'm yn rhy hyderus yn ei siarad hi.

DWYNWEN: Fath â Shep ni.

Eiliad.

DWYNWEN: Reit ta, swpar. Cyw iâr a llysia o'r ardd.

JO: Oh . . . I can't eat anything that has a face.

*Yr eiliad yma mae **Dwynwen** yn torri pen yr iâr i ffwrdd hefo cyllell fawr.*

DWYNWEN: Be. Ti'n llysieuwraig?

EMYR: Llysieuwraig: vegetarian?

JO: Not quite, I'm a piscean vegan. Tails are fine, trotters bad!

EMYR: How Orwellian! (*Saib*) As in George.

JO: Oh yeah! *Animal Farm*!

EMYR: Some are more equal than others!

*Mae **Emyr** a **Jo** yn rhannu'r jôc.*

DWYNWEN: (*Hanner o dan ei gwynt*) Ella bysa hi 'di bod yn syniad deud wrtha ni.

JO: I'm sure I mentioned it in the e-mails.

EMYR: Ddrwg gin i; do mi nest ti sôn rwbath . . .

DWYNWEN: Ond nest ti ddim sôn wrtha i.

JO: Rydw i'n *piscean vegan*. Dwi'n bwyta pysgod ond dwi dim yn bwyta cig, na *dairy*. Na wyau . . .

Saib.

DWYNWEN: (*Dan ei gwynt*) Ma' hi'n rhugl pan ma'n ei siwtio hi!

*Mae **Dwynwen** yn syllu ar **Emyr**.*

JO: I'm not actually that hungry. I might just go to bed if that's alright.

EMYR: Does 'im raid iti –

JO: – It's fine, honestly! I'll leave you two to have your evening.

*Mae **Jo** yn gadael am y llofft. Distawrwydd annifyr rhwng **Dwynwen** ac **Emyr**, a'r iâr wedi ei phluo rhwng y ddau.*

EMYR: Sori. Be nei di efo hon?

DWYNWEN: 'I rhewi hi.

EMYR: 'Na i gawl inni fory. Cawl llysia.

DWYNWEN: 'Na i forol am y bwyd wsnos yma. Canolbwyntia di ar y dysgu.

EMYR: Be nawn ni am swpar?

DWYNWEN: Gin i isho codi clawdd Llain Bella cyn iddi d'wllu; cerrig 'di syrthio.

*Mae **Dwynwen** yn gadael.*

GOLYGFA 2

*Mae **Dwynwen** yn cario cerrig trymion at y clawdd. Mae hi'n eu gollwng, gan astudio ei dwylo. Mae hi'n codi'r cerrig fesul un a'u gosod ar y clawdd.*

*Yn y llofft, mae **Jo** ar ei phen ei hun ar ei ffôn symudol.*

JO: You're where with Tom and Ella? . . . Oh right, yeah yeah yeah, the launch. How is it, what's the vibe? . . . What's the vibe at Barbars? . . . I can't hear a word, babes . . . No the signal's fine, it's the racket in the background. Can't you go anywhere quieter? . . .

*Daw **Emyr** i mewn yn betrus hefo dau dywel. Mae'n gweld bod **Jo** ar y ffôn ac yn esgusodi ei hun. Mae **Jo** yn cyffwrdd braich **Emyr** i'w annog i aros.*

JO: What? . . . Yeah yeah the farm's cool . . . Yeah, they're both lovely . . . (*yn rhwystredig*) I said they're both lovely people . . . What, you're in the loo? . . . It must be the signal, babes . . . Hello? . . . I said it's the signal . . . Bugger!

*Mae **Jo** yn diffodd ei ffôn.*

JO: Y ffôn. Dim cariad fi! Cariad fi – Ollie. As in Oliver. As in "please sir, can I have some more?"

EMYR: Be mae o'n neud?

JO: Fel fi – PR.

EMYR: Wela i.

16

*Mae **Emyr** yn rhoi'r tyweli ar droed y gwely. Cyn iddo allu dianc mae **Jo** yn estyn sigarét a chynnig un i **Emyr**.*

EMYR: Ddim yn y tŷ; not in the house, if you don't mind.

JO: Oh. Right.

*Mae **Jo** yn cadw'r sigarét.*

EMYR: Sori. Doedd tad Dwynwen ddim yn licio'r mwg. Fyddwn inna'n smocio fath â stemar sdalwm. Tan inni symud yma i fyw. "Ma' gynon ni ddwy simdda acw'n barod – i be sy isho un arall!" Simdda – chimney.

JO: Oh right! So you moved here . . .

EMYR: Ar ôl priodi, do. Ac yma buon ni wedyn.

JO: Oes ganddoch chi . . . oh what's the word . . . plant?

EMYR: Ma' gynon ni uffar o asbidistra fawr yn parlwr!

Chwerthin lletchwith rhwng y ddau.

EMYR: Rhyw ddydd ella, pan fydd ganddon ni fwy o . . . rwbath.

JO: Is he still around – Dwynwen's dad?

EMYR: Na, mi fuo fo farw bum mlynadd yn ôl.

JO: Right. A mam Dwynwen?

EMYR: Mi gollodd Dwynwen ei mam pan oedd hi'n blentyn.

JO: Oh poor thing. What happened?

EMYR: We don't . . . Fel dudis i, oedd o flynyddoedd yn ôl.

*Mae **Emyr** yn hwylio i adael.*

EMYR: You're sure you don't want any supper? A piece of toast or . . .

JO: I'm gluten-free.

EMYR: Dyw. A be am rheina (*amneidio at y sigaréts*) – 'dyn nhwtha'n *gluten-free* hefyd?

JO: I know. Hypocrisy rocks my crazy world!

*Saib byr. Mae **Emyr** yn symud i fynd.*

JO: Is all this your land? All the way to the water's edge?

*Mae **Emyr** yn gorfod ymuno â **Jo** yn y ffenest.*

EMYR: Mae o i gyd yn perthyn i'r ffarm, yndi, holl ffor at y twyni tywod yn fanna; hyd at y clawdd 'na . . . weli di? Lle ma' Dwynwen?

JO: Oh my God! Is that Dwynwen? What on earth is she doing?

18

EMYR:	Codi cerrig; plant fisitors lan môr. Dringo dros glawdd Llain Bella – ei dynnu o'n grïa. Gneud llanast.
JO:	She must have incredible upper-body strength. Who needs the gym, eh?
EMYR:	Fi ella!

*Mae **Emyr** yn cyffwrdd ei fol.*

JO:	You look great!

Eiliad fach.

JO:	So what did you say that's called? That field?
EMYR:	Llain Bella – lle ma'r tir yn cyrraedd y traeth.
JO:	Lle mae'r tir yn cyrraedd y traeth.
EMYR:	Terfyn y ffarm.
JO:	Maes Terfyn!
EMYR:	Yn hollol!
JO:	That's . . . anhygoel!
EMYR:	So . . . where exactly are you at . . . with your Welsh?
JO:	Erm . . . Wedi cael CDs *Welsh in a Week* – basic, conversational stuff: fy enw i ydi Jo, ac rydw i'n byw yn Llundain.

EMYR: A ti 'di gneud cwrs CBAC medda chdi?

JO: Only up to Uned Un-deg-pedwar – trafod y gorffennol: Roeddwn i'n byw yn Llandudno. But we moved to Macclesfield when I was eleven.

EMYR: Ti 'di dy eni a dy fagu'n Gymraes felly.

JO: Wel . . . Llandudno . . . I mean it's not like this. This is the real deal! Mum didn't speak Welsh. I mean she never tried. Plus she'd get super-paranoid if Dad and I spoke it; she'd think we were talking behind her back. She hated everything she couldn't understand.

EMYR: Wela i. Ond ma' gin ti dal ryw fymryn o grap.

JO: Sorry?

EMYR: Ma' gin ti dal grap ar yr iaith.

JO: I'm having a crap on the language?

EMYR: Naci, crap – gafael; a hold – ma' gin ti dal rywfaint o afael ar yr iaith?

JO: Obviously not!

Mae'r ddau yn chwerthin.

EMYR: Wel, 'na ni ta – tyweli glân, sych.

*Mae **Emyr** yn hwylio i adael.*

JO: Diolch, Emyr. Dwi . . . dwi'n gwe - . . . appreciate?

EMYR: Gwerthfawrogi. Dwi'n gwerth-fawr-ogi.

JO: Dwi'n gwerth-fawr-ogi.

EMYR: Da iawn. Mi ddaw dy Gymraeg di'n ôl i chdi, sdi, dow-dow.

JO: Dow-dow?

EMYR: Ia, ling-di-long.

JO: Ling-di-long.

EMYR: Ia. Nos da, Jo.

JO: Nos da.

*Mae **Emyr** yn gadael.*

*Mae **Dwynwen** yn craffu drwy'r gwyll i gyfeiriad y ffenest.*
*Mae'r **Ddynes** yn ymddangos yn ei phais, gan gerdded yn droed-noeth ar hyd y traeth. Mae'r **Ddynes** yn crwydro yn ei blaen ar hyd y traeth a diflannu.*
Clywn sŵn y môr. Mae gwynt main yn codi. Clywn ddefaid yn brefu. Mae'r sŵn yn cynyddu nes ei fod yn anghyffyrddus o uchel.

GOLYGFA 3

Mae'r gwynt yn ein chwipio ymlaen i ddiwrnod arall.
*Mae **Emyr** wrthi'n cyfieithu, wedi bod ar ei draed ers sbel.*
*Mae'r gwynt yn dilyn **Dwynwen** wrth iddi frasgamu i mewn i'r*
gegin o'r tu allan. Mae hi'n cario hen dwb hufen iâ yn llawn wyau
budron, a hambwrdd wyau mawr.

DWYNWEN: Ti byth 'di trwsio ffens yr ieir.

EMYR: Mi 'na i ar ôl imi orffan hon.

DWYNWEN: Ddim bora 'ma oeddan nhw isho hi?

EMYR: Naci, fory. Ac mi cawn nhw hi fory.

Saib.

DWYNWEN: Dim golwg ohoni hi?

EMYR: Mm?

DWYNWEN: Jo. Dim golwg o Jo.

EMYR: O, Jo.

DWYNWEN: Ol ia, pwy arall?

EMYR: Ddim pawb sy'n codi cyn cŵn Caer.

DWYNWEN: Ma'i 'di hen basio naw. Lle ma' hi?

EMYR: Be wn i lle ma' hi?

DWYNWEN: Mond gofyn.

EMYR: 'Di rhewi'n gorn yn ei gwely 'na 'wrach. Mi geith fynd i'r *deep freeze*, gadwith gwmni i'r iâr.

*Mae **Dwynwen** yn brasgamu am y drws. Daw wyneb-yn-wyneb â **Jo**.*
Amdani mae trowsus di-siâp a chardigan fawr. Mae hi'n gwisgo ei sgidiau sodlau ei hun, mewn ymdrech i adfer rhywfaint o steil.

JO: Oh . . . bore da, Dwynwen!

DWYNWEN: Bora pawb pan godo.

JO: Don't tell me . . . to milk!

DWYNWEN: Ia, fel mae'n digwydd, fyny ers bump.

*Mae **Dwynwen** yn gadael yn ddisymwth.*
*Mae **Jo** yn aros am ymateb gan **Emyr**.*

EMYR: Bora da.

JO: Bora da.

*Mae **Jo** yn cyfeirio at ei gwisg.*

JO: I look like a homeless person. And look!

*Mae **Jo**'n agor y gardigan i arddangos crys T Cymuned anferth hefo logo 'Dal dy Dir!' arno. Mae **Jo** yn ei ddarllen ar ei ben i lawr.*

JO: Dal dy din.

EMYR: Dal dy din?! Dal dy dir! To stand your ground, hold the fort, protect the land.

23

JO:	Protect it from what?
EMYR:	Petha drwg, petha diarth.
JO:	What, like global warming?
EMYR:	Pobol.
JO:	Oh right. Pobol Saesneg?

Saib.

*Mae **Jo** yn addasu ei gwisg, e.e. drwy roi cwlwm i dynhau'r crys T.*

EMYR:	Be gymri di i frecwast?
JO:	I don't do *brecwast*. What's that you're doing?
EMYR:	Cyfieithu – translating. Ma' raid imi drio gorffan hwn erbyn fory.
JO:	So you're a translator as well?
EMYR:	'Swn 'im yn galw'n hun yn gyfieithydd.
JO:	Sorry?
EMYR:	Not really . . . dwn 'im. Dwn 'im be 'swn i'n galw'n hun.

*Mae **Jo** yn rhynnu.*

EMYR:	Ti'n oer?

*Mae **Jo** yn nodio.*

24

EMYR: Aros di ta . . .

*Mae **Emyr** yn rhoi glo yn yr Aga.*

JO: Diolch. Dwi'n gwerth . . . fawrogi.

EMYR: Da iawn!

Clywn ddafad yn brefu'n uchel.

JO: How can you stand it?

EMYR: Be?

JO: The sheep. Don't they ever sleep?

EMYR: Ydyn am wn i.

JO: Well they didn't sleep last night. Then just as
                 I'm about to drift off . . . Cock-a-doodle-
                 dooooo! Bore *bloody* da!

*Daw **Dwynwen** i mewn a dal cynffon y llith. Mae hi'n cario
pwcedaid o lefrith. Aiff **Dwynwen** ati i dywallt y llefrith i mewn
i jwg. Mae hi'n codi ambell welltyn / blewyn allan ohono. Mae
Jo yn ei gwylio'n amheus.*

DWYNWEN: Llefrith.

JO: Llefrith.

DWYNWEN: Cynnes.

JO: Cynnes.

DWYNWEN: Teimla fo.

JO: I don't –

*Mae **Dwynwen** yn rhoi'r jwg yn nwylo **Jo**.*

JO: Oh my God, it's warm!

DWYNWEN: Chei di'm byd gwell peth cynta'n bora. Tria fo!

JO: Mm?

DWYNWEN: Cym lymad i drio.

JO: Oh no I can't – I'm lactose intolerant.

DWYNWEN: Mond llefrith ydi o!

JO: Milk makes me bloated and lethargic.

DWYNWEN: Uwd ta? Gymri di uwd?

EMYR: Tydi Jo ddim yn byta brecwast.

DWYNWEN: Be, mynd heb bryd pwysica'r dydd?

JO: So how many cows have you got, then?

DWYNWEN: Mond Muriam sy gynon ni ar ôl rŵan.

JO: Oh. Muriam.

DWYNWEN: Gysgis di ta?

JO: Erm . . . Ia.

DWYNWEN: Do. Do.

JO: Dow-dow?

EMYR: Ling-di-long. Reit, wel mi rown ni gychwyn
                arni ta, ia Jo?

DWYNWEN: Ol ia, peidiwch â gadael i mi'ch styrbio chi.

*Mae **Jo** yn estyn llyfr sgwennu a beiro o'i bag llaw.*

Saib.

EMYR: Fan hyn ti am fod?

DWYNWEN: Lle arall?

EMYR: Ella 'sa well inni fynd i'r sdydi.

DWYNWEN: Mai'n rhewi'n fanno, me' chdi.

EMYR: Iawn ta, 'roswn ni'n fama. Mi a' i nôl 'y mhetha.

*Mae **Emyr** yn gadael. Mae **Dwynwen** yn glanhau baw a gwair oddi
ar yr wyau hefo cadach tamp, a'u gosod yn yr hambwrdd wyau, a
Jo yn ei gwylio.*

JO: D'you know, it hadn't crossed my mind . . .
                that eggs had to be washed and cleaned. I
                think I just assumed . . .

DWYNWEN: Be? Eu bod nhw'n dod o din yr iâr hefo dyddiad
                best before yn wincian yn ddel arnyn nhw?

JO: Best before! I got best before!

*Daw **Emyr** i mewn hefo'i nodiadau.*

EMYR: 'Ma ni!

JO: This is just a little dictaphone. Do you mind if I use it to record pronunciation?

EMYR: Ar bob cyfri! Rwbath ti'n teimlo sy'n help. Felly . . . ffwr â ni! Ma' gin ti eirfa sylfaenol – vocabulary – does? Ymadroddion bob dydd – bora da, su ma'i –

JO: – Da iawn, diolch! Sud wyt ti?

EMYR: Dwi'n ardderchog! Mae hi'n braf.

JO: Mae hi'n braf. Mae y ci yn y gardd.

DWYNWEN: Yn yr ardd. Mae'r ci yn yr ardd. Yr . . . ardd.

EMYR: Ia, mi ddaw'r treiglada yn eu tro, Jo. O ble rwyt ti'n dod?

JO: Rydw i'n dod o Llundain.

EMYR: Ymhle rwyt ti'n gweithio?

JO: Rydw i'n *executive* mewn PR *agency – Point Blank*.

EMYR: Yn Llundain?

JO: Na, yn Ryl. (*Saib*) Joke!

EMYR: O, reit!

JO: Does gen i ddim anifail anwes. Mae gen i cariad o'r enw Ollie. Does gen i ddim brawd na chwaer. Esgusodwch fi, faint o'r gloch mae'r bws nesaf i Dolgellau?

EMYR: Ia, go dda! Ella dylian ni ganolbwyntio ar gryfhau'r sylfeini – the foundations. Mi ddechreuwn ni hefo'r amser presennol – present tense. Y ferf 'bod' – to be.

JO: Or not to be!

EMYR: Rydw i. I am. Rydw i'n effro; I am awake.

JO: Rydw i'n effro.

EMYR: Rydw i'n hapus.

JO: Rydw i'n hapus . . . iawn?

EMYR: Ia, rydw i'n hapus iawn! Rydw i wrth fy modd!

JO: Rydw i . . . *hang on* . . . rydw i'n dau-ddeg-saith oed?

DWYNWEN: Yn ddau-ddeg-saith. <u>Dd</u>. Rydw i'n <u>dd</u>au-ddeg-saith oed.

EMYR: Ia oreit, Dwynwen.

JO: Faint oed wyt ti, Emyr?

EMYR: Ia, neu faint ydi dy oed di.

Saib.

DWYNWEN: Duda wrthi faint 'di d'oed di.

EMYR: 'Run oed â bawd fy nhroed a chydig hŷn na 'nannadd!

DWYNWEN: Faint w't ti'n feddwl ydi'i oed o?

JO: Dwi ddim yn gwybod!

DWYNWEN: Dyro gynnig arni.

JO: Dwi'n *terrible* am gneud hyn.

EMYR: Hen gêm wirion.

DWYNWEN: Gêm 'di gêm. Ty'laen Jo. Faint ti'n feddwl di'i oed o?

JO: *Mid forties?* Pedwar-deg-pump?

DWYNWEN: Tria eto.

EMYR: Oes rhaid? Braidd yn blentynnaidd, 'di o ddim?

JO: Ocê . . . pedwar-deg-chwech?

DWYNWEN: Pedwar-deg-un. Saith-ar-hugain oed, meddylia! Be oeddan ni'n ei neud pan oeddan ni'n saith-ar-hugain d'wad?

EMYR: Symud i fyw i fama.

JO: It's always been my dream, you know. To find some old farmhouse and do it up.

Saib.

EMYR: Rŵan ta, mi fydda i. Present habitual. Mi fydda i'n mwynhau. Mi fydda i'n mwynhau . . . gwylio ffilmiau.

JO: Mi fydda i'n mwynhau . . . nofio.

EMYR: Nofio? Ymhle?

JO: Yn y môr.

EMYR: Ia, mi fydda i'n mwynhau . . .

JO: Nofio yn y môr. Ac yn y *spa*. Gyda hefyd . . . *flotation tank*?

EMYR: Be 'di peth felly?

JO: A hefyd *steam room*?

EMYR: Sdafall stêm!

JO: Sdafall stêm.

EMYR: Braf iawn.

DWYNWEN: Ia wir, braf iawn.

JO: Be . . . byddi chdi'n mwynhau, Dwynwen?

*Mae'r cwestiwn yma yn llorio **Dwynwen**.*

DWYNWEN: Be fydda i'n fwynhau? Mi fydda i'n mwynhau . . . pan ma' petha'n cael eu gneud. Mi fydda i'n mwynhau pan ma 'na drefn ar y lle 'ma.

*Mae **Dwynwen** yn gosod y cadach tamp i sychu ar yr Aga.*

DWYNWEN: Iesgob, ma hon yn chwilboeth. Ti 'rioed 'di 'i throi hi fyny eto?

EMYR: (*Gan wneud ati i bwysleisio gramadeg y frawddeg i **Jo***) Naddo, Dwynwen, tydw i <u>ddim</u> wedi ei throi hi fyny, ond rydw i <u>wedi</u> rhoi mwy o lo ynddi. Neu mi <u>nes</u> i roi mwy o lo ynddi.

DWYNWEN: Pam?

EMYR: Oherwydd fy mod i'n oer. Roedd Jo hefyd yn oer; roeddan ni'n dau yn oer. Yn doeddan, Jo?

JO: Oeddan, roeddan ni'n dau yn oer.

DWYNWEN: Ond roeddwn i wedi gofyn iti beidio â rhoi mwy o lo yn yr Aga, Emyr. Oeddet ti wedi anghofio?

EMYR: Nac oeddwn, Dwynwen, doeddwn i ddim wedi anghofio. Fydda i ddim yn mwynhau bod yn oer yn y tŷ.

DWYNWEN: Fydda inna ddim yn mwynhau gwastraffu glo.

EMYR: Ond fi fydd yn talu am y glo.

DWYNWEN: A fi fydd yn talu am bob uffar o bob dim arall!

EMYR: Fi fydd yn . . . Wyt ti'n dilyn y sgwrs yma, Jo?

JO: I think I'm getting the gist of it.

EMYR: Da iawn.

JO: Dwi'n deall lot. A dwi'n gallu siarad lot, it's just . . . dwi isho siarad yn gwell. Cyf . . . cyfathrebu yn mwy hawdd. Ymarfer. I want to *ymarfer* . . . you know . . . conversation.

EMYR: Ia tad. Wel tydan ni ddim wedi'n caethiwo i'r gegin 'ma wrth gwrs – ma' 'na betha erill i'w gweld heblaw defaid a ieir.

JO: Yn yr ebost . . . naeth chdi sôn am . . . castell?

EMYR: Castell Criciath, do 'na chdi!

DWYNWEN: Y castell godwyd gan Llywelyn Fawr.

EMYR: Gipiwyd gan Edward y Cynta.

DWYNWEN: Losgwyd yn ulw gan Owain Glyndŵr! Dyna'r tŷ ha cynta un i gael ei losgi yli, Jo. Ti 'di clwad am Meibion Glyndŵr? Ydyn nhw'n dysgu hynny ichi ar *Welsh in a Week*?

EMYR: Ella medrwn ni barhau'r wers yn y castell ei hun, Jo? Be ti'n ddeud?

JO: Ia, fydda'n neis! Fydd yn diddorol dysgu yr hanes.

DWYNWEN: Gaddo glaw ma' nhw.

EMYR: Ac iddi frafio erbyn diwadd yr wythnos.

JO: Oh, so it should be fine for the Regatta then! (*Eiliad*) The taxi driver was talking about it. Isn't it happening on Saturday?

DWYNWEN: Rigeta raga-rug.

JO: Bydda chi'n mynd?

DWYNWEN: Mi fydda i yno, byddaf.

JO: Oh fab! We could go together. Nawn ni yfed *bubbly* a rhoi *toast* i'r cwch bydd yn ennill!

DWYNWEN: Yno'n protestio fydda i. Yn y rali. Rali yn erbyn ehangu'r Marina.

JO: Oh . . . oh, right.

DWYNWEN: Yn erbyn y Marina 'dan ni. Yn erbyn – against. Duda wrthi, Emyr!

EMYR: Wel, mae o chydig yn gymhleth ti'n gweld, Jo.

DWYNWEN: Be sy'n gymhleth am fod isho gwarchod yr ardal 'ma rhag mwy o bobol ddŵad? Marina – NA! Ehangu'r Marina – NA! Ti'n dallt? Ti'n dallt hynna, Jo?

EMYR: Paid ag arthio ar yr hogan!

DWYNWEN: 'Di mond yn iawn iddi gael gwbod! Ma' pobol rownd ffor hyn yn teimlo'n gry iawn am y peth.

EMYR: Tydi pawb ddim.

DWYNWEN: Nagydyn?

EMYR: Ti'n gweld, Jo . . . ma' 'na ddadleuon yn erbyn ehangu'r Marina, oherwydd yr effaith ar yr iaith Gymraeg.

DWYNWEN: Dadleuon? Ma' hyn yn digwydd, Emyr. Rŵan! I chdi a fi! I'n caea ni! Dwi 'di gweld nhw – crônis y Cyngor – bora 'ma! Yn sdelcian hyd lle 'ma hefo'u clipbords yn llgadu Llain Bella. Ysu i gael eu bacha budron ar y lle. Ond chawn nhw ddim. A ti'n gwbod pam, Jo? Am bo fi'n deud. Am na ni oedd yma gynta!

Saib.

EMYR: Wel, lle oeddan ni arni, d'wad? Mi fydda i'n mwynhau –

DWYNWEN: – Wyt ti erioed wedi protestio, Jo?

EMYR: Yli, 'dan ni ar ganol gwers.

DWYNWEN: Ma' 'na fwy i ddysgu iaith na gallu'i siarad hi! Ma' 'na bobol 'di bod yn y carchar dros yr iaith Gymraeg! Ty'laen, Jo, duda wrthan ni; w't ti 'rioed wedi bod mewn protest?

JO: Er . . . rydw i wedi . . . cael fy . . . I was tied to some railings once!

EMYR: Nefoedd! Protest be oedd hi 'lly?

35

JO: Oh no, just for a laugh . . . on a mate's hen-
               night. It was just for about five, ten minutes.
               Bit embarrassing actually! (*Saib*) Good fun
               though!

EMYR: Ia, greda i.

JO: A be am chdi, Emyr? Ti wedi fod mewn
               protest?

EMYR: Do, amball un. 'Sdalwm.

DWYNWEN: Sdalwm byd.

EMYR: Ia wel, lle oeddan ni ar y berfa 'ma d'wad –

DWYNWEN: – Pryd oedd y tro dwytha d'wad?

EMYR: Presennol, dyfodol –

DWYNWEN: – Fedra i'm yn fy myw â chofio.

EMYR: Y ferf 'gneud'; to do.

JO: Wyt ti am mynd i'r protest dydd Sadwrn, Emyr?

EMYR: Dwn 'im.

DWYNWEN: Dwn 'im. I don't know. I'm undecided.

*Mae **Dwynwen** yn gadael.*

EMYR: Dyfodol y ferf 'gneud'; mi wna i. Mi wna i hyn.

JO: Mi wna i hyn.

EMYR: Mi wna i gerdded.

JO: Mi wna i gerdded. Mi wna i rhedeg?

EMYR: Ia, mi wna i redeg, neu wna i ddim rhedeg. Wna i ddim.

JO: Wna i ddim.

EMYR: Wna i ddim; I won't.

Golau'n pylu wrth i'r ddeialog barhau; teimlad o amser yn mynd heibio.

EMYR: A rŵan, y modd dibynnol. Dependent. Taswn i.

JO: Taswn i.

EMYR: Taswn i'n fengach.

JO: Taswn i'n fengach.

EMYR: Taswn i'n hŷn.

JO: Taswn i'n hŷn.

EMYR: Taswn i . . . mi fyswn i.

JO: Taswn i . . . mi fyswn i.

GOLYGFA 4

*Golau i fyny ar ddiwrnod arall; mae **Jo** ac **Emyr** ar ganol gwers.*

EMYR: Mi fyswn i, ia. Neu mi fyddwn i. Neu 'swn i.

JO: Which one?

EMYR: Fyny i chdi.

JO: Fyny . . . i fi?

EMYR: Naci sori, yli ma' hwnna'n idiom Saesneg –
fyny i chdi – up to you. Dy ddewis di.

JO: Fy ddewis i.

EMYR: Fy newis – treiglad meddal.

JO: Treiglad meddal. Right. Sorry I'm a bit
confused.

EMYR: Dy ddewis di ydi pa ffurf ti'n ddefnyddio.

JO: Ond sut dwi'n gwybod pa un i dewis?

EMYR: I ddewis. 'Di o'm ots pa 'run, ma' nhw i gyd yn
gywir.

JO: Yeah but how do I know which one to use?

EMYR: 'Di o'm yn gneud gwahaniaeth!

JO: Wel sut bydd chdi'n ddewis?

EMYR: Fyswn i'm yn dewis.

JO: Why not?

EMYR: Dwi'n siaradwr rhugl, tydw! Mae o'n gymhleth ti'n gweld . . . Ta waeth, lle oeddan ni? O ia – taswn i ac mi fyswn i.

JO: Taswn i heb colli fy cês, fysa fi –

EMYR: Fyswn i.

JO: Fyswn i dim . . .

EMYR: Ddim.

JO: Fyswn i ddim yn gwisgo fel tramp. Tasa Mam a Dad heb symud i Macclesfield, fysa fi –

EMYR: – Fyswn i! Ty'laen, 'mi ddaru ni hyn ddoe!

JO: Fyswn i! Fyswn i! Shit, why do I always get that wrong? Look, all this grammar stuff's really doing my head in. All I wanna do, all I'm paying you to do is just teach me how to have a decent bloody conversation in Welsh!

EMYR: I'm doing my best! 'Di o'm yn hawdd i minna. Dyma'r tro cynta imi neud rwbath fel hyn.

Eiliad o dawelwch.

JO: Sorry. Look, do you mind if we have a break?

EMYR: Iawn. Gymrwn ni hannar awr bach.

*Emyr yn agor ei liniadur. Mae **Jo** yn chwilio am negeseuon yn ei ffôn.*

JO: God, I hope they've found my suitcase. It's been three days now.

*Mae **Jo** yn estyn paced o sigaréts o'i bag, yna'n newid ei meddwl. Mae hi'n anadlu'n ddyfn.*

JO: What is that you're translating?

EMYR: Bwydlen. Menu.

*Mae **Jo** yn darllen y fwydlen sydd wrth benelin **Emyr**.*

JO: Plas Bodhyfryd.

EMYR: Oeddan nhw isho hi ddoe.

JO: I've heard of that place. Wasn't it in the *Times* recently?

EMYR: 'Dan ni'm yn darllen y *Times* yn y tŷ yma.

*Mae **Jo** yn darllen y sgrîn dros ysgwydd **Emyr**.*

JO: (*Yn darllen*) Spatchcocked woodcock. What's that in Welsh?

EMYR: Cyffylog. Wedi ei . . . dwn 'im.

JO: Mmm, bara brith!

EMYR: Pwdin bara brith.

JO: Served with crème anglaise . . . hufen Sais?

Mae Emyr yn chwerthin.

JO: Mae'n swnio'n . . . *delicious*! Rhaid chi'n
                bwyta yno'n aml?

EMYR: Fuon ni 'rioed yno.

JO: Mae chi ddim wedi mynd?

EMYR: Dal i aros am achlysur; an occasion.

JO: Gorffen y *menu* – *you can celebrate* ti'n
                gorffen y *menu*!

EMYR: Go brin.

JO: Pam ddim?

EMYR: Fysa'r ffi dwi'n ga'l gynyn nhw prin yn talu
                am bryd i un!

JO: You should . . . codi your fee.

EMYR: Dyliwn ma' siŵr.

JO: Na *seriously*! Rule number one in PR – never
                ever sell yourself short for anybody. Humility
                is for losers, Emyr! If you want something, you
                gotta go and get it. You know . . . you could
                make a nice little income if you converted those
                outbuildings. Make a fortune letting them out.
                You can get a grant these days – from the
                council –

EMYR:	– I know! I've– . . . 'Dan ni 'di ystyried hynny. Ond mi benderfynon ni beidio yn diwadd.
JO:	You know, it's all about the law of attraction. Positive mindset. Whatever we think about comes about– good, bad, whatever. Thoughts become actions, actions become habits, habits become character and character becomes destiny. You're in control of your own environment, your own life! So put it out there – send those good thoughts out to the universe, yeah? I mean . . . ti'n ffab! O'r gora?
EMYR:	O'r gora!
JO:	Deud o. Dwi'n ffab.
EMYR:	Be?
JO:	Go on. Dwi'n ffab.
EMYR:	Dwi'n ffab.
JO:	Now mean it.
EMYR:	Dwi'n ffab.
JO:	Now believe it. Come on, look at me and say it.
Saib.	
JO:	Come on, Emyr! Look into my eyes and mean it. Dwi'n ffab. I dare you!

*Mae **Emyr** yn syllu i lygaid **Jo**. Mae'r ddau yn ymwybodol o'r atyniad.*

EMYR: Dwi'n ffab.

Saib.

JO: Deg allan o deg! I think I might just go for some fresh air – it'll give you a chance to finish. Hwyl!

*Mae **Jo** yn gadael; mae **Emyr** yn pendroni.*

GOLYGFA 5

*Mae **Dwynwen** wrthi'n codi cerrig ar glawdd Llain Bella. Mae **Jo** yn ei gwylio, yn droednoeth.*

JO: Mae fan hyn yn *stunning*! Ti mor lwcus. Taswn i yn gweithio fan hyn . . . fyswn i yn hapus iawn! We've been going over *taswn i fyswn i.*

DWYNWEN: Taswn i'n chdi 'swn i 'di gwisgo si-bŵts i ddod i lawr 'ma.

JO: Spoots?

DWYNWEN: Si-bŵts. *Wellingtons.*

JO: Oh, wellies! Is that what you call them? Sea boots?

DWYNWEN: Yli golwg ar dy draed di.

JO: Mae'n teimlad neis actually. Bit like a *Moroccan mud bath.* Wyt ti wedi cael *Moroccan mud bath*?

DWYNWEN: Dwi'm yn meddwl bo' fi, naddo.

JO: Mae'n *amazing*. Honestly. Tightens the pores, lifts everything and leaves you positively glowing!

DWYNWEN: Awran o garthu'n gneud 'run fath.

Saib.

JO: Mae croen ti'n *amazing*. Almost translucent.

DWYNWEN:	Chŵys 'di o.
JO:	Do you use SPF?
DWYNWEN:	Mond ar y defaid.
JO:	You should, you know. Ti allan yn yr haul drwy y dydd.

Saib.

JO:	Ti'n gweithio mor galed!
DWYNWEN:	Raid i rywun.
JO:	Wyt ti'n cymryd *break*?
DWYNWEN:	Yn gwely ma' diogi.
JO:	Rhaid ti'n ffit iawn. Dangos mysyls chdi?

*Mae **Jo** yn cyffwrdd ym mraich **Dwynwen**.*

JO:	Wow! Madonna eat your heart out!
DWYNWEN:	Ma'n cymryd nerth bôn braich i godi'r tacla 'ma.
JO:	Galla i helpu?
DWYNWEN:	Be?
JO:	Mi fydda i'n mwynhau *workout*.
DWYNWEN:	'Di o'm yn hawdd.

JO: I do *Ashtanga* and *Bikram*. At the Yoga Centre?

DWYNWEN: Naci – eu gosod nhw – ma 'na ffordd arbennig o neud.

JO: Dysgu fi.

DWYNWEN: 'Di o'm yn rwbath fedar rywun ddysgu mewn dau funud.

JO: Pwy sy'n dysgu chdi?

DWYNWEN: Gwylio 'nhad fyddwn i. Am oria. Gweld ei ddwylo fo'n pwyso a mesur bob carrag. Ma'i'n grefft ti'n gweld – dewis yr un iawn. Neith bob un mo'r tro. Os ti'n dewis yr un anghywir, beryg i'r clawdd cyfa syrthio.

JO: Fel hwn?

DWYNWEN: Naci, mi ddaru 'nhad yn iawn. Cradur. Allan bob tywydd. 'Sa'n torri'i galon tasa fo'n gweld y golwg sy 'ma. Fisitors. Pobol yn mela hefo petha na phia nhw monyn nhw. Mai'n broblam rownd ffor hyn.

JO: Problem?

DWYNWEN: Tydyn nhw'n heidio yma bob ha, gneud twrw, gadal llanast ar eu hola. Ac os geith y Cyngor eu ffordd eu hunain efo ehangu'r Marina, wel mi fydd 'na fwy ohonyn nhw. Mwy o dwrw, mwy o lanast. Dyna pam ma'i mor bwysig ein bod ni'n rhoi stop ar y 'Datblygiad' hurt 'ma cyn iddi fynd rhy hwyr. Ti'n dallt?

JO: Dwi'n meddwl, yeah.

DWYNWEN: Ddim fi 'di'r unig un sy'n teimlo'n gry am hyn,
               sdi. Ond 'dan ni'n cael ein sathru, a'n galw'n
               eithafwyr. 'Dan ni'm yn cael ein clywed, Jo.
               'Sna neb yn gwrando. Dyna pam ma'r rali
               'ma dydd Sadwrn. Mai'n argyfwng – emergency.
               Ti'n gweld?

JO: Ia, rydw i'n gweld! A fysa fi'n –

DWYNWEN: – Mi fyswn i.

JO: Mi fyswn i'n dod efo chdi i'r rali taswn i –

DWYNWEN: – Bysat? Dod i'r rali?

JO: Wel ia, taswn i . . .

DWYNWEN: Mi fysa fo'n gyfla gwych iti ymarfer dy
               Gymraeg!

JO: Wel, ia . . .

DWYNWEN: Yn lle mynd i'r hen rigeta wirion 'na; chydig
               iawn o Gymraeg 'sat ti'n 'i glwad yn fanno!

JO: Yeah but I'd need to –

DWYNWEN: – Wel chwara teg iti. Chwara teg iti, Jo! Tasa
               hannar y Cymry dwi'n nabod mor barod eu
               cefnogaeth!

*Mae **Jo** yn anadlu'n ddyfn trwy ei thrwyn. Mae **Dwynwen** yn
parhau â'i gwaith.*

47

DWYNWEN: Be s'an ti? Pendro?

JO: *Ujai breath*; anadlu cefn y gwddw. Mewn ac allan fel y môr. Mae'n helpu chdi bod yn llonydd.

DWYNWEN: Dwi'n rhy brysur i fod yn llonydd.

JO: Exactly! You need to look after your health. D'you know, cyn i fi dod am dro . . . God, I was gasping for a fag. But I thought to myself: "Na; taswn i'n cael un, fyswn i'n . . ." What's regret?

DWYNWEN: Difaru.

JO: Fyswn i'n difaru. Plus Emyr said your dad didn't like it. I mean I didn't want to –

DWYNWEN: – Ma 'nhad wedi marw.

JO: Ia, dwi'n gwybod. Naeth Emyr deud.

DWYNWEN: Be? Be ddudodd Emyr?

JO: Dim byd.

DWYNWEN: Ma' raid bod o 'di deud rwbath.

JO: He just mentioned, you know, the smoking thing. That's all. Sorry, I shouldn't have brought it up.

DWYNWEN: No, he shouldn't have brought it up.

*Saib annifyr wrth i **Dwynwen** ddychwelyd at ei gwaith. Daw **Emyr** i'r golwg.*

JO: Oh look here he is! Hi!

EMYR: Wel . . . dyfalwch pwy sy 'di gorffan bwydlen y Plas?

JO: Wedi gorffen?

EMYR: Wedi gorffen!

JO: Oh well done! Well done Emyr! Hang on, llon . . . gyfarch . . .

DWYNWEN: Llongyfarchiadau? Hen bryd os ti'n gofyn imi. A dyfala ditha pwy sy am gadw cwmni imi yn y rali ddydd Sadwrn?

JO: Well I really don't know, I mean . . . it might be a bit difficult. Come to think of it, actually, I really do need to get back.

Eiliad.

EMYR: Wel hen dro. Mi 'sa 'di gneud lles i'r achos i gael dysgwraig ar flaen y gad, bysa Dwynwen?

JO: Actually, I am Welsh. Dwi ddim yn dysgu, dwi'n . . . cofio.

EMYR: Wyt siŵr. Cymraes lân loyw! Be ti'n ddeud? Barod am wers arall?

JO: Ia, grêt!

DWYNWEN: Ddoi ar eich hola chi rŵan i neud cinio.

EMYR: Ella bysa well inni fynd i'r sdydi. Gei di lonydd yn gegin wedyn.

DWYNWEN: Dwi'm isio llonydd i neud mymryn o gawl!

EMYR: Ma' 'na fwy o le yn sdydi, does.

DWYNWEN: I be 'da chisho mwy o le?

EMYR: Mond meddwl 'sa'n haws.

DWYNWEN: Ma'i fath â Siberia yno, me' chdi.

EMYR: Dwi 'di dod â'r tân trydan i lawr; fydd hi'm dau funud yn cnesu yno.

Saib.

DWYNWEN: Gnewch chi fel fynnoch chi.

*Mae **Emyr** a **Jo** yn gadael am y tŷ. Mae **Dwynwen** yn eu gwylio. Mae hi'n ailgychwyn ar y clawdd . . . yna'n rhoi'r gorau iddi.*

GOLYGFA 6

*Daw **Dwynwen** i mewn i'r gegin. Mae hi'n syllu ar y bwrdd gwag.
Mae **Dwynwen** yn dechrau torri llysiau ar gyfer gwneud cawl.
Clywn leisiau aneglur yn siarad yn ddistaw. Mae **Dwynwen** yn
parhau i dorri'r llysiau, ond yn dod yn fwyfwy ymwybodol o'r
lleisiau o'r golwg.*

JO: Mae fy wallt . . .

EMYR: Fy ngwallt.

JO: Mae fy ngwallt yn lliw . . . God, you'd have to
ask my stylist!

Mae'r ddau yn chwerthin.

EMYR: Mae dy wallt di'n lliw . . . cneuen.

JO: Cneuen?

EMYR: A nut.

JO: Oh cheers! Mae fy ngwallt yn lliw cneuen.

EMYR: Ac mae dy lygaid di'n . . . wyrddlas. Yn wyrddlas.

JO: Mae fy llygaid i'n wyrddlas. Oh right, as in
gwyrdd a glas!

EMYR: Yn union!

JO: Gwyrddlas . . . really? No one's ever told me
that before!

EMYR: Wel, 'na chdi 'di dysgu rwbath o werth heddiw 'ma!

JO: A mae llygaid chdi yn . . . kind of slate-coloured. Glas . . . llwyd?

EMYR: Neu llwydlas, ia da iawn.

JO: Actually they're more of a greeny-grey. D'you know, you should try wearing a top that matches your eyes – brings out their colour.

EMYR: Ia wir?

JO: (*Gan ddynwared Emyr yn ddireidus*) Wel, 'na chdi 'di dysgu rwbath heddiw 'ma!

Mae'r ddau yn chwerthin . . . yna tawelwch.
*Clywn chwerthin arall. Hwylia'r **Ddynes** i mewn o gyfeiriad y llofft mewn dillad gwaith. Mae hi'n paratoi fflasg o'r cawl sydd yn y sosban.*

DYNES: Ogla da ar hwn! Mi gawn ni beth pan ddoi'n f'ôl, siwgwr aur. Fyddai'm yn hir, duda wrth dy dad. Mond mynd â tamad o ginio i Ifan. Hogan dda.

*Mae'r **Ddynes** yn taro cusan ar foch **Dwynwen** cyn hwylio allan hefo'r fflasg.*

*Clywn **Emyr** a Jo yn chwerthin.*
*Yn sydyn, mae ffôn symudol **Jo** yn canu'n uchel yn ei bag – rhyw diwn gyfoes, ymwthiol. Mae **Dwynwen** yn dychryn, yn paratoi ei hun ar gyfer ymddangosiad **Jo**. Mae Jo yn rhuthro i mewn i'r gegin ac yn ateb ei ffôn.*

JO:　　　　Hello? . . . Yeah, speaking . . . Oh, right . . . Oh
　　　　　　God, really? . . . Shit. Ok . . .Ok, yeah, I
　　　　　　suppose so . . . Thanks anyway. Bye. Oh God,
　　　　　　my suitcase. They haven't found it. Bastards!
　　　　　　What the hell am I gonna wear?

DWYNWEN:　Well you can lend my things, dwi 'di deud.

JO:　　　　Yeah! . . . Yeah, I know.

*Daw **Emyr** i mewn.*

EMYR:　　Be sy?

JO:　　　　All my stuff, it's all gone!

EMYR:　　All gone? Dyw, ti'n siŵr?

JO:　　　　*Yeah*, rydw i'n siŵr! Rydw i'n *absolutely
　　　　　　bloody positively certain*, OK?

EMYR:　　Reit. Yli, be am inni fynd am dro i Griciath?

DWYNWEN:　A hitha'n gaddo glaw?

EMYR:　　Awn ni yn y car.

DWYNWEN:　Fydd cinio cyn pen dim.

EMYR:　　Fyddwn ni'm yn hir.

DWYNWEN:　Faint fyddwch chi?

EMYR:　　Dwn 'im.

DWYNWEN: Awr? Dwyawr?

EMYR: Mond i Griciath, rownd castall.

DWYNWEN: Rownd castall?

JO: How the hell can I go anywhere looking like a tramp?

Saib.

JO: Never mind, let's just go.

*Mae **Jo** yn gadael yn llawn cywilydd. Mae **Emyr** yn dilyn **Jo**. Mae llygaid **Dwynwen** yn syrthio ar fag llaw **Jo**. Mae hi'n syllu arno. Mae hi'n symud tuag at y bag. Mae **Dwynwen** yn rhoi ei llaw i mewn yn y bag ac yn tynnu potel bersawr allan ohono. Daw **Jo** yn ôl i mewn drwy'r drws.*

JO: Sorry I've –

DWYNWEN: – O'n i ar fin dod ar dy ôl di.

JO: Ar fin . . . what does that mean?

DWYNWEN: Ar fin gneud rwbath . . . just about to. Dwi 'ar fin' gneud cant a mil o betha. Bwydo'r moch, talu'r ffariar, carthu, papura treth –

JO: – Is everything alright, Dwynwen?

DWYNWEN: Yes.

JO: Tyd am dro. Tyd am dro efo ni!

DWYNWEN: Am dro?!

JO: Ia. I'r castell, bydd o'n neis.

DWYNWEN: Pwy fysa'n morol am fama wedyn?

JO: Morol?

DWYNWEN: Gofalu, gwarchod.

JO: Don't know that word.

DWYNWEN: Nagwyt debyg.

Saib.

*Mae **Jo** yn codi chydig o grafion llysiau oddi ar y llawr. Mae **Dwynwen** yn ymroi i'r torri.*

JO: Galla i helpu? I'll go and tell Emyr.

DWYNWEN: Dwi'm isho help i neud cinio, siŵr.

JO: Ti'n prysur iawn.

DWYNWEN: Ddaru gwaith calad 'rioed ladd neb.

JO: You have to learn to delegate, Dwynwen. What you need is a facilitator. Someone to ease the workload. A farm hand!

*Daw'r **Ddynes** i'r llofft yn ei phais ac yn ystod y canlynol mae hi'n estyn y cês sydd o dan y gwely, tynnu ffrog allan ohono, a'i gwisgo. Mae hi'n paratoi i fynd allan, yn twtio ei gwallt a rhoi minlliw ar ei gwefusau.*

DWYNWEN: Mwy o draffarth nag o werth.

JO: Ond dwi isho helpu!

DWYNWEN: Tydi ffarm ddim yn lle i ddynas!

JO: So pam ti yma?

DWYNWEN: Am 'mod i i fod yma. Am na fama ges i'n magu. Fy nghyfrifoldeb i 'di o.

JO: What's that?

DWYNWEN: Dyletswydd. Dyletswydd i 'nhad. It's my duty.

JO: No Dwynwen, it's your duty to look after yourself. You shouldn't feel guilty for putting yourself first!

DWYNWEN: Guilty? What do you mean, guilty? Ti'm yn dallt, nagwyt, sgin ti'm syniad. Pwy arall sy'n mynd i edrych ar ôl y lle?

JO: A pwy sy'n edrych ar ôl chdi? Hm? It can't have been easy for you.

DWYNWEN: What do you mean?

JO: Well . . . running this place, you and your father.

DWYNWEN: Oeddan ni'n hapus iawn.

JO: What about your mother? You've never mentioned –

DWYNWEN: – 'Sa well iti fynd. Fydd Emyr yn aros amdana chdi'n y car.

JO: Look, Dwynwen . . . is something the matter? I'm worried about you, you work so hard; you're killing yourself! Listen, why don't you just come for ten minutes and have a little break away from the . . . (*Saib*) Dudodd Coco Chanel ti fod i gwisgo *perfume* yn y llefydd ti isho cael dy cusanu

*Mae **Jo** yn cynnig persawr i **Dwynwen**.*

DWYNWEN: (*Sgrech orffwyll*) –Na! Jyst cer o 'ngolwg i!

*Mae **Jo** yn gadael mewn sioc.*
*Mae **Dwynwen** ei hun yn uffern ei meddyliau.*

DWYNWEN: Jyst cer o 'ngolwg i.

*Mae'r **Ddynes** yn cael ei thynnu i'r traeth ac yn wynebu'r tonnau. Mae sŵn y môr yn chwyddo nes ei fod yn annioddefol o uchel. Tywyllwch.*

DIWEDD ACT 1

ACT 2

GOLYGFA 1

*Mae **Emyr** yn y gegin, yn cywiro llyfr sgwennu **Jo**.*
*Mae **Dwynwen** yn paratoi posteri ar y bwrdd. Mae yna hefyd*
blacard mawr hefo'r gair 'Twyll!' arno, ar hanner ei baratoi.
*Mae **Emyr** yn chwerthin yn dawel iddo'i hun, a **Dwynwen** yn*
ceisio ei anwybyddu.
*Tawelwch. Mae **Emyr** yn chwerthin yn uwch.*
*Saib. Mae **Emyr** yn chwerthin eto.*

DWYNWEN: Be sy mor ddigri?

EMYR: Mm? O dim byd. Jo. Y brawddega 'ma.

DWYNWEN: Be, llawn gwalla, ia?

EMYR: Naci, doniol 'dyn nhw. Ma' hi 'di dod yn 'i
blaen yn arw ers dydd Llun, chwara teg iddi.

Saib.

DWYNWEN: 'Ehangu'r Marina, NA'? Ta 'NA i ehangu'r
Marina'?

EMYR: 'NA i Marina Mania'? 'Maniana i'r Marina'?

DWYNWEN: Ti'n cymryd y peth yn ysgafn?

EMYR: 'Swn i'm yn meiddio.

Saib.

DWYNWEN: Be sy'n odli efo 'dyfodol' ta?

EMYR: Mm?

DWYNWEN: 'Dyfodol'.

EMYR: Anobeithiol?

DWYNWEN: Be arall?

EMYR: Gormodol. Ymosodol. Ymylol. Amherthnasol –

DWYNWEN: – Fydd pobol dre ddim yn deud geiria fel'na.

EMYR: O'n i'n meddwl mai protest yn erbyn y Cyngor
            oedd hi?

DWYNWEN: Ia ond pobol dre fydd yno.

EMYR: Ymfflamychol! Ôl-drefedigaethol!

DWYNWEN: 'Dan ni'm yn coleg rŵan, sdi.

EMYR: Nac 'dan, yn union.

DWYNWEN: 'Yn union' be?

EMYR: Dim byd.

DWYNWEN: Na, ty'laen, duda!

EMYR: Ti'm yn meddwl ein bod ni braidd yn hen i
            slogana simplistig? Cymru am byth, dal dy
            dir! 'Di petha ddim fymryn fwy cymhleth na
            hynna erbyn hyn, d'wad?

DWYNWEN: Be di'r 'cymhleth' 'ma eto fyth?

EMYR:	'Di petha'm yn ddu a gwyn, nacdyn. Ddim *Star Wars* 'di bywyd, ddim Ni a Nhw, pobol ddrwg a pobol dda a phob gelyn yn gwisgo clogyn mawr du neu'n siarad Saesneg.
DWYNWEN:	Ti 'di newid.
EMYR:	Ma'r byd 'di newid.
DWYNWEN:	Pobol sy'n newid. A phobol sy'n newid pobol. Pobol fath â Jo.
EMYR:	Be sgin Jo i neud efo'r peth?
DWYNWEN:	Duda di wrtha fi. Ti 'di holi'r hogan i be uffar ma' hi isho 'gloywi' ei Chymraeg a hitha'n byw yn ganol Llundain?
EMYR:	Pam na ofynni di iddi, os 'di o'n dy boeni di?
DWYNWEN:	I be ma' hi 'di hel 'i thraed i dre beth bynnag? Mai'n mynd yn ei hôl fory!
EMYR:	Be wn i?
DWYNWEN:	Ma'i yno ers oria.
EMYR:	Ei hamser hi ydi o.
DWYNWEN:	Ma' 'na rwbath 'di hi'm yn ddeud wrthan ni. O'n i'n gwbod o'r eiliad gwelis i hi. Ma' hi'n cuddio rwbath oddi wrthan ni. Neu oddi wrtha fi beth bynnag. Dwi'm yn ei thrystio hi.
EMYR:	Ti'm yn trystio neb!

*Mae **Dwynwen** yn parhau â'i gwaith hefo'r posteri.*

EMYR: Hei . . . ti'n cofio protest Port? Cadwch Morfa'n Fychan? A'r uchelseinydd yn rhedag allan o fatris, ti'n cofio? Cannoedd o bobol yn aros am arweiniad, a'r plismyn yn gneud hwyl am ein penna ni. Wedyn, o nunlla, mi neidiodd yr hogan ifanc benfelen 'ma i ben 'yn sgwydda fi, ti'n cofio? Gweiddi nerth esgyrn ei phen, a finna'n fyddar rhwng 'i chlunia hi, yn gafal ynddyn nhw fel gelen, a hitha'n bloeddio fath â banshi: "Cadwch Morfa'n Fychan"!

DWYNWEN: Ond ddaru nhw ddim.

*Mae **Emyr** yn trio closio at **Dwynwen**, a'i chyffwrdd.*

EMYR: Oedd hi'n dipyn o gês, yr hogan 'na. Neidio i ben sgwydda rhywun doedd hi prin yn ei nabod.

DWYNWEN: Toeddan ni i gyd yn ifanc a ffôl.

Saib.

EMYR: Wel . . . waeth imi fynd i drwsio ffens yr ieir. Dwi 'di bod yn gaddo a gaddo ers dyddia –

DWYNWEN: – Dwi 'di gneud.

EMYR: Be?

DWYNWEN: Mi nes i o'n hun bora 'ma.

EMYR: O'n i'n mynd i neud.

DWYNWEN: O'n inna'n mynd i deithio'r byd.

Saib.

*Hwylia **Jo** i mewn yn gwisgo dillad newydd ffasiynol. Mae ganddi fag o siop win a dau fag o siop ddillad.*

JO: Hi! Sori dwi wedi bod mor hir. Dyma dillad chdi yn ôl, Dwynwen. A ges i hwn i chi.

*Mae **Jo** yn cynnig un o'r bagiau dillad i **Dwynwen**, a'r bag o'r siop win.*

JO: Jyst rhywbeth bach i deud diolch.

*Mae **Dwynwen** yn tynnu potel o Châteauneuf-du-Pape allan o'r bag.*

DWYNWEN: 'Dan ni'm yn yfad gwin.

EMYR: Diolch, Jo.

*Mae **Jo** yn cychwyn am y llofft hefo'r bag siopa sydd ar ôl.*

DWYNWEN: A be sgin ti'n fanna?

JO: Oh just . . . a bit of an impulse buy!

DWYNWEN: Ti am 'i ddangos o inni?

JO: It's really not that exciting.

EMYR: Gad lonydd iddi!

DWYNWEN: Mond holi be sgyni yn y bag!

JO:　　　　　It's fine, it's just a little trouser-suit. 'Na i mynd i cadw rhain, I'll be with you now.

EMYR:　　　　Ia. Awn ni am dro bach.

*Mae **Jo** yn falch o gael dianc i'r llofft. Tyndra annifyr rhwng **Dwynwen** ac **Emyr**.*

DWYNWEN:　　Lle'r ewch chi?

EMYR:　　　　I lan môr.

DWYNWEN:　　I be'r ewch chi i lan môr?

EMYR:　　　　Well na'n bod ni dan draed yn fama.

DWYNWEN:　　Lan môr, Castall Criciath, mynd am dro i Bwllheli. Be nesa, trip i Ynys Enlli?

EMYR:　　　　A be sy'n bod efo chydig o fwyniant?

DWYNWEN:　　Ti'n dechra swnio fath â hi 'di mynd.

EMYR:　　　　A be sy'n bod arni hi?

DWYNWEN:　　'Di hi ddim fath â ni, nagydi!

EMYR:　　　　Nagydi. Ma' hi'n chwa o awyr iach. A ti'n gwbod pam? Ma' hi ar antur, ma' bob dim yn newydd iddi hi – ma' hi isho dysgu, isho newid!

DWYNWEN:　　I be sy isho newid? Newid be 'lly?

Saib.

DWYNWEN: Ddigon hawdd iddi hi siarad. Sgyni hi'm gwreiddia. Sgyni hi'm byd i warchod.

EMYR: A be sgynon ni i'w warchod 'lly?

DWYNWEN: Wel hyn, de!

EMYR: Fel y cedwir i'r oesoedd a ddêl y glendid a fu, ia?

DWYNWEN: Ia!

EMYR: Ond pa lendid, Dwynwen? Pryd yn union oedd yr Oes Aur 'ma? Duda wrtha i! Atgoffa fi! Achos reit saff na dwi'm yn ei chofio hi!

Saib.

EMYR: Be sy mor sbesial am y lle 'ma? Hm? Fuo 'na gariad yma 'rioed? Fuo 'na hapusrwydd? A gofal, a chwerthin?

DWYNWEN: Rho gora iddi!

EMYR: Be 'da ni'n da 'ma? Pam 'dan ni dal yma? Be 'da ni'n drio'i brofi? Sbia arnan ni! Dros ein deugain, yn pydru byw yn y . . . gragan oer 'ma. Gaddo plant i'n gilydd "ar ôl i dy dad wella . . . ar ôl i'r hen begor fynd . . . ar ôl cael ein traed 'danan". Ond pryd fydd hynny d'wad? Pwy 'di'r genhedlaeth nesa o Gymry fydd yn chwara ar lan môr 'ma? Plant pwy fyddan nhw? Ein plant ni? Dy blant di? Naci. Plant y genhedlaeth sy'n barod i addasu – cenhedlaeth Jo – plant Jo!

64

*Daw **Jo** i mewn ar y gair, fymryn yn anniddig. Mae **Dwynwen** mewn*
sioc.

JO: Sorry, are we going out?

EMYR: Ydan. Ty'd.

*Mae **Emyr** a **Jo** yn gadael. Mae **Dwynwen** ar ei phen ei hun.*
*Daw'r **Ddynes** i mewn ar frys gan dwtio ei gwallt, â golwg wyllt*
arni. Mae hi'n hel y tywod oddi ar ei choesau a phlygion ei ffrog.

DYNES: Faint o'r gloch ydi'i?

Saib.

DYNES: Fydd dy dad isho'i swpar. Cliria'r bwrdd 'na
                 bendith tad, wsti fel mae o!

Saib.

DYNES: Ddoth dy dad yn ôl o'r farchnad yn gynnar
                 heddiw?

*Mae'r **Ddynes** yn dianc i'r llofft, a **Dwynwen** yn ei dilyn.*
*Yn y llofft mae'r **Ddynes** yn tynnu ei ffrog. Mae hi'n estyn y cês*
sydd o dan y gwely, a'i agor. Mae hi'n gosod y ffrog yn ofalus yn
y cês, ei gau a'i osod yn ôl o dan y gwely. Mae hi'n tynnu ei cholur
yn gyflym ac yn gadael y llofft yn ei phais.
*A hithau ei hun yn y llofft, mae **Dwynwen** yn agor y bag siopa a*
thynnu siwt drwsiadus yr olwg allan ohono. Mae ei llygaid yn
*syrthio ar fag llaw **Jo**. Mae'n tynnu dictaffon allan ohono. Mae'n*
pwyso'r botwm ac yn ei chwarae.

JO: (*Dros y dictaffon*) – Ond chdi! Be wyt ti'n
                 meddwl?

EMYR:	Dwi'n meddwl . . . wel . . . bod y peth yn iawn yn 'i le. Ond bod y lle hwnnw ar fin mynd yn fwy.
JO:	Ond bydd y Cyngor yn gosod rheolau?
EMYR:	Ma' gan betha fel 'na eu momentwm eu hunain. Mae o fel anifail na fedri di'm ei ddofi. Dofi; to tame.
JO:	A ti ofn yr anifail?
EMYR:	Ddim yr anifail ei hun; y dinistr mae o'n 'i adael ar ei ôl. Y petha drwg ddaw yn sgil y petha da.
JO:	So . . . ti'n meddwl bod o'n peth da.
EMYR:	Da, drwg, peryg . . . anorfod. Ond paid â deud wrth Dwynwen.

*Mae **Dwynwen** yn ailweindio'r cymal olaf yma – "Ond paid â deud wrth Dwynwen" unwaith . . . ddwywaith . . . deirgwaith, yn cael ei chythruddo fwyfwy gan yr hyn mae hi'n ei glywed. Mae **Dwynwen** yn diffodd y dictaffon a'i roi'n ôl yn y bag. Mae'n tynnu amlen swyddogol-yr-olwg allan ohono, a'i hagor. Mae hi'n tynnu llythyr allan o'r amlen ac yn ei ddarllen.*

GOLYGFA 2

*Mae **Jo** ac **Emyr** ar y traeth. Distawrwydd rhwng y ddau.*

JO: Ti ffansi dip?

EMYR: Go brin.

JO: Dwi'n hoffi fan hyn. Mor distaw.

EMYR: Chlywi di mohonyn nhw?

JO: Be?

*Mae **Jo** yn clustfeinio.*

JO: Speedboats.

EMYR: Hen swnian main fath â gwenyn. Unwaith ti'n gwbod ei fod o yna, fedri di'm ei anwybyddu o.

JO: Fel traffic Llundain. Can't start thinking about it or you'd go mad!

EMYR: Ma' rhywun yn arfar.

JO: But you shouldn't have to. They should . . . I dunno . . . gosod rheolau; terfynau amser a lleoliad, or at least . . . canllawiau defnydd synhwyrol.

EMYR: Argol, pwy sy 'di llyncu Geiriadur Terma'r Brifysgol mwya sydyn?

JO: (*Yn hunanymwybodol*) Funny what you pick up in the local papers. Dyna lle nes i ffendio yr *advertisement* 'Tiwtor Iaith Un-i-Un', did I tell you?

EMYR: Be, 'dyn nhw'n gwerthu *Llanw Llŷn* yn Llundain?

JO: You can source anything from anywhere if you know exactly what you want.

Saib.

JO: Look . . . is everything alright, Emyr?

EMYR: Dwi'm yn gwbod be dwisho ddim mwy.

JO: Be oedda chdi isho?

EMYR: Pryd?

JO: Pan oedda ti'n . . .

EMYR: Ifanc?

JO: Ia.

EMYR: Gwleidyddiaeth oedd y 'mhetha fi yn dy oed di.

JO: I know, I Googled you.

EMYR: Ges i gynnig swydd yn Aberystwyth; darlithio yn y Brifysgol. Ges i'n hed-hyntio!

JO: A be digwyddodd?

EMYR: Aeth tad Dwynwen yn wael, ac mi symudon ni yma. Ac yma ydan ni byth.

JO: So you sacrificed your career?

EMYR: 'Swn i'm 'di bod fawr o ddarlithydd p'run bynnag.

JO: Ond sut ti'n gallu deud hynna os ti erioed wedi trio? Os na ti'n trio, nei di byth gwbod!

EMYR: 'Di pawb ddim 'run fath â chdi. Un sy'n torri'i chwys ei hun wyt ti.

JO: Torri'i choes? As in 'break a leg'?

EMYR: Ei chwys; torri'i chwys.

JO: To break into a sweat?

EMYR: Naci', chŵys 'di hwnnw! Torri'i chwys, to plough your own way in the world, pastures new, the great escape, peidio mynd i rigol. Idiom arall yli. 'Dan ni'n llawn ohonyn nhw tydan. Llawn o falu cachu.

Saib.

JO: Mae'n edrych yn cynnes.

EMYR: Paid â chael dy dwyllo.

JO: I dare you. Come on!

EMYR: Dwi'm yn cofio pryd fues i ynddo fo ddwytha. Ma' 'na flynyddoedd.

JO: Flynyddoedd? Are you serious? Ti'n byw mewn . . . paradise, a ti ofn mynd i'r dŵr?

EMYR: Ddim ofn . . . arfar ma' rhywun. Arfar gneud heb betha.

JO: Ond pam fysa chdi'n arfar gneud heb . . . hynna?! Yr holl pleser yna?

Saib.

JO: Look I know it's none of my business but why . . . pam mae hi ddim yn gallu siarad am mam hi? What happened?

EMYR: Mi fuo hi farw pan oedd Dwynwen yn ifanc.

JO: Ia dwi'n gwybod. Ond pam? *I mean* sut?

EMYR: 'Dan ni'm yn siarad am y peth.

JO: Ond dwi yn. Sorry. I shouldn't be putting you on the spot.

EMYR: Na ma'n iawn. (*Saib*) Gneud amdani'i hun nath hi.

JO: What?

EMYR: Hunanladdiad. Hunan . . . laddiad. Suicide.

JO: Oh my God. I see. Why?

EMYR: Dyn a ŵyr. I don't know.

JO: You mean you've never talked about it?

EMYR: Hyn a hyn o weithia fedri di ofyn. Hyn a hyn
            fedri di drio.

JO: That's terrible. It can't be easy for you.

EMYR: Fel ddudis i, ma' rhywun yn arfar.

JO: Ond ti ddim yn gorfod arfer . . . ti'n gallu . . .
            newid. Ti ddim yn Dwynwen. You are your
            own person. Just like I am. Just like I'm not
            Ollie.

*Mae **Jo** yn cyffwrdd ei hwyneb.*

JO: Mae croen fi mor sych. Y dŵr ydi o. A'r gwynt.
            How I miss my Eight Hour Cream!

EMYR: Yn fwy na ti'n ei golli o?

JO: Mae Ollie byth o gwmpas am wyth munud, let
            alone wyth awr! PR. Prevents Romance.

Saib.

JO: Ella bysa'n well inni mynd yn ôl. Bydd
            Dwynwen yn neud swper.

EMYR: Cawl ddoe a bara echdoe.

JO: I'm gluten-free, remember?

EMYR: Caeth iawn 'swn i'n ddeud.

JO: Oh and you're so liberated?

EMYR: Rhyddid ydi gneud be w't ti isho'i neud. Bod lle wyt tisho bod.

JO: A be, ti yn?

EMYR: Yr eiliad yma? Ydw mi ydw i.

Eiliad o dyndra. Mae'r ddau yn wynebu ei gilydd; atyniad cry. Daw'n gawod law.

JO: Shit.

*Tydi **Emyr** ddim yn ymateb i'r glaw.*

JO: It's raining!

EMYR: Tyd, awn ni i gysgodi i rwla. Shelter.

JO: Lle?

EMYR: Clubhouse. Di' o'm yn bell.

*Mae **Emyr** yn tynnu ei gôt a'i gosod fel pabell dros y ddau. Mae'r ddau'n brasgamu hefo'i gilydd hyd y traeth, fel cwpwl ifanc ar antur.*

GOLYGFA 3

*Mae **Dwynwen** yn y gegin, yn morthwylio placard yn sownd mewn ffon. Mae hi'n rhoi'r morthwyl i lawr ac yn aros. Mae hi'n tynnu'r llythyr allan o'i phoced a'i osod ar ganol y bwrdd. Yn sydyn mae hi'n codi'r ffôn a deialu.*

DWYNWEN: S'mai, ddrwg gin i ffonio mor hwyr. Yli, ti'm 'di digwydd gweld golwg o Emyr hyd lle heno? . . . Reit . . . Na na, mond gweld hi'n mynd yn hwyr; dechra poeni lle mae o . . . A'th o am dro ddiwadd pnawn – hefo'r fisitor. 'I gweld hi'n t'wllu a nhwytha byth yn eu hola . . . Na, dwi 'di trio fanno . . .'Na ni ta, diolch. Nos da.

*Mae **Dwynwen** yn gorffen yr alwad ac yn eistedd wrth fwrdd y gegin, y llythyr o'i blaen, yn aros.*
*Daw'r **Ddynes** i'r gegin. Mae hi'n gwisgo côt ac mae'r cês yn ei llaw.*

DYNES: Cer yn ôl i dy wely, siwgwr aur. Mond mynd i aros at Nain 'dwi. Bydda di'n hogan dda rŵan. (*Saib*) Paid â chrio. Paid â chrio, Dwynwen. Plis paid â chrio!

DWYNWEN: Peidiwch â mynd!

DYNES: Mond yn tŷ Nain fydda i!

DWYNWEN: Chai'm dod efo chi?

DYNES: Ma' isio i rywun edrych ar ôl dy dad! Paid â chrio. Plis paid â chrio!

DWYNWEN: Peidiwch â mynd, Mam!

GOLYGFA 4

Mae'n hwyr iawn a'r gegin yn dywyll.
Clywn sŵn bwced yn cael ei tharo drosodd tu allan i'r drws, yna
sŵn chwerthin.

EMYR: Shhhhhhh!

JO: Fi?!

*Mae **Emyr** a **Jo** yn straffaglu i mewn.*

EMYR: Shysh! B'istaw!

JO: Ah! B'istaw!

Mwy o chwerthin.

JO: Lle mae'r golau?

Daw'r golau ymlaen.

EMYR: Dyna welliant!

JO: Shhhhhhh!

EMYR: Dyw, ylwch be sginon ni'n fama! (*Yn canu*)
      Ooooes potel eto? Oes, heb ei hagor! Chateau
      Nyth-dy-dad, madame?

JO: Na! Paid agor honna. Presant 'di o!

EMYR: Pa iws 'di presant na fedar neb ei fwynhau?
      (*Yn codi ei lais*) Hen bryd i rywun enjoio
      rwbath yn lle 'ma!

JO: Shhhhh! Dwynwen!

EMYR: Neith hi'm byd ond hel llwch yn pantri. Ty'laen, dy noson ola di!

*Mae **Emyr** yn agor y botel win. Mae'n tywallt gwin i ddau fwg.*

JO: God, I'm starving.

EMYR: Gymri di frechdan?

JO: Emyr, you know I don't do *brechdan*.

EMYR: Rôl ta, gymri di rôl?

JO: Dwi dim yn bwyta *wheat*!

EMYR: Ti'm yn gneud lot o betha. Doeddat ti'm yn yfad, na chanu tan heno.

JO: Yeah, I've really blown it now, haven't I!

EMYR: Oedd o'n ffab!

Saib.

JO: Look . . . Emyr –

EMYR: – Ti'n ffab.

JO: There's something I should tell you . . .

*Mae **Emyr** yn cusanu **Jo** yn dyner. Mae hithau'n tynnu'n ôl.
Eiliad letchwith.*

JO:	I . . . I think I'd better go to bed.

Saib.

JO:	Look, I'm really sorry if I – . . . mae'n ddrwg iawn gen i am . . . what's mislead?

*Mae **Dwynwen** yn ymddangos yn y drws.*

DWYNWEN:	Camarwain.
JO:	Nes i ddim . . . naethon ni ddim gweld chdi.

Saib.

JO:	Naethon ni deffro chdi?
DWYNWEN:	Do'n i'm yn cysgu.
JO:	Naethon ni mynd am diod.
DWYNWEN:	Ond ddim i'r Plu.

Saib.

DWYNWEN:	Nes i ffonio.
EMYR:	Ffonist ti'r Plu?
DWYNWEN:	Do.
JO:	Aethon ni i'r lle mwya agos i . . . i cysgodi.
EMYR:	Yr Harbour Master Clubhouse. Lle bach difyr ofnadwy.

JO: Sori am bod mor hwyr.

EMYR: Gaethon ni lock-in; neb isho gada'l. Pobol glên, de Jo? Cwrw da, canu mawr, croeso twymgalon! Wsti be, dwi'm yn meddwl imi 'rioed gael noson ddifyrach!

JO: I was just about to go to bed.

EMYR: Duwcs, 'rosa i orffan hon efo fi; ti'm yn yfad gwin, nagwyt Dwynwen?

JO: Nos da.

*Mae **Jo** yn troi i adael. Mae **Dwynwen** yn gafael yn y llythyr sydd ar y bwrdd.*

DWYNWEN: Ti am fynd â hwn efo chdi?

JO: You've been through my things. I can't believe you've been through my things! That's outrageous! How dare you?

*Mae **Dwynwen** yn rhoi'r llythyr i **Emyr**.*

DWYNWEN: Pryd oeddat ti'n mynd i ddeud wrthan ni? Ar ôl i chdi gael y job?

EMYR: ". . . eich gwahodd am gyfweliad . . . Rheolwr Cysylltiadau Cyhoeddus Datblygiad Arfordirol . . ." – dydd Llun nesa 'ma.

Saib.

JO: OK! OK . . . Look, I haven't been completely honest with you.

DWYNWEN: "Mae'n ofynnol ar i bob ymgeisydd fod yn rhugl yn y Gymraeg." A chditha'n meddwl mai dy gredenshals di a dy ebyst ffraeth ddenodd hi yma. Ma' bob dim yn gneud synnwyr rŵan, dydi – y diddordab mawr yn y Marina, gwario ffortsiwn ar ddillad i greu argraff ar Uwch-swyddogion y Cyngor. Hen ast ddauwynebog!

EMYR: Paid â . . . jyst . . . gad iddi egluro.

JO: Sorry, Emyr. I don't know what to say. I tried to tell you . . . I'm really sorry.

DWYNWEN: Pa mor loyw ydi dy Gymraeg di rŵan, Jo?

JO: Oeddwn i ddim isho . . . camarwain chi!

DWYNWEN: Twyllo.

JO: O'n i'n gwybod oedd y Marina'n pwnc sensitif, ond o'n i ddim yn gwybod pa mor cry oedd pobol yn teimlo.

DWYNWEN: Pa mor gry.

JO: God, I was so naive! O'n i ddim yn dallt y problem.

DWYNWEN: Y broblem.

JO: Yr *issues*. Rydych chi wedi dysgu fi am y pethau yma.

DWYNWEN: Fy nysgu.

JO: A dwi'n . . . gwerthfawrogi. A dwi'n sori am deud celwydd ond . . .

DWYNWEN: Mae'n ddrwg gen i am ddeud celwydd.

JO: Taswn i wedi deud y gwir . . . fyswn i ddim yma. Ac o'n i isho bod yma. Dwi'n licio'r lle 'ma.

DWYNWEN: Licio?!

JO: Ond dwi ddim yn . . . I don't belong here. I don't know where I belong but I know it's not here. A dwi'n sori. Dwi'n sori am twyllo chi.

DWYNWEN: Am eich twyllo chi!

EMYR: Rho'r gora iddi! Jyst rho'r gora iddi!

DWYNWEN: Fydd hon ddim isho dy nabod di ar ôl fory.

EMYR: Ma' bob dim yn ddu a gwyn gin ti, dydi?

DWYNWEN: Celwydd 'di celwydd! Ond wrth gwrs, dyna 'di job pob swyddog PR!

EMYR: Person ydi Jo. Person gonast sy'n trio gneud synnwyr o betha.

DWYNWEN: Gonast?!

EMYR: Gonast efo hi'i hun!

DWYNWEN: Ti'n ochri efo hi? Efo honna?!

EMYR: Ti'm yn ei nabod hi. Ti'm yn fy nabod i!

DWYNWEN: Nacdw, dwi'm yn dy nabod di. Ti o blaid y Marina mwya sydyn. O blaid y mewnlifiad!

EMYR: Dwi'm 'o blaid' dim byd.

DWYNWEN: Wel, be'n union w't ti'n ddeud ta? Be w't ti isho, Emyr?

EMYR: Dwi'm yn gwbod! Dwi'm yn gwbod be dwisho, ond reit saff na dwi'm isho hyn! Dwi 'di laru! Dwi 'di laru, Dwynwen!

DWYNWEN: Ti 'di laru arna i? Dyna ti'n feddwl? Ti 'di cael digon arna i? 'Di well gin ti fod efo hon? Y jadan glwyddog yma? Ti mewn cariad efo hi? Dyna ti'n ddeud? Ti mewn cariad efo honna?

EMYR: Ella 'mod i!

Eiliad drydanol. **Dwynwen** *yn aros i* **Emyr** *dynnu ei eiriau yn ôl.*

JO: Dwi'n meddwl – . . . I think I'd better leave.

Mae **Jo** *yn gadael am y llofft. Distawrwydd.*

DWYNWEN: Ti'n meddwl bod chdi'n nabod rhywun. Ond fedri di'm trystio ncb.

EMYR: Ti 'rioed 'di trio.

DWYNWEN: Be? Be ddiawl ti'n wbod? Ddim chdi gollodd dy fam yn ddeg oed!

EMYR: Duda wrtha i ta. Duda wrtha i sud brofiad ydi o i golli dy fam yn ddeg oed.

DWYNWEN: 'Sa chdi'm yn dallt.

EMYR: Ti'n iawn, dwi'm yn dallt. Dwi'm yn dallt am nad w't ti 'rioed 'di deud 'tha i!

DWYNWEN: Does na'm byd i'w ddeud!

EMYR: Does na'm byd wedi'i ddeud, nagoes. 'Di hynna'n golygu bod raid inni ddiodda ugain mlynadd arall o beidio siarad am y peth?

DWYNWEN: Cau dy geg. Jyst cau dy geg!

EMYR: Fedra i'm gneud hyn ddim mwy! A sgin i'm nerth ar ôl i . . . Dwi 'di blino. Dwi'm isho hyn ddim mwy. Dwi'm isho'r bywyd yma.

*Mae **Emyr** yn gadael.*

GOLYGFA 5

Mae'n berfeddion y nos a'r gwynt yn swnian.
*Mae **Emyr** ar y traeth. Mae **Dwynwen** yn cyrraedd.*

DWYNWEN: Emyr . . . Ty'd i tŷ.

EMYR: I be?

DWYNWEN: Fyddi di 'di fferu allan yn fama.

EMYR: Cer o 'ma.

DWYNWEN: Emyr.

EMYR: Cer!

DWYNWEN: Paid â mynd, Emyr. Plis. Paid â ngadael i.
             Fedrwn i'm diodda bod hebdda chdi.

EMYR: Fedra inna'm diodda bod yma.

DWYNWEN: Dwisho i chdi ddallt.

EMYR: Dallt be? Be sy 'na i ddallt?

*Mae'r **Ddynes** yn ymddangos yn y llofft yn ei ffrog. Yn ystod y*
canlynol, mae hi'n tynnu'r ffrog a'i rhoi yn y cês o dan y gwely.

DWYWNEN: Ges i ffrae gin 'nhad am gario tywod i'r tŷ.
             Ond ddim fi ddaru.

EMYR: Be?

DWYNWEN: Do'n i heb fod ar gyfyl lan môr. Pan sbïs i ar mam, oedd ei bocha hi'n goch, a'i migyrna hi'n wyn am gefn y gadair.

EMYR: Am be ti'n sôn?

DWYNWEN: A pan edrychis i i lawr, oedd ei sgidia hi'n dywod i gyd. "Tydan ni'm angen gwas ddim mwy," medda 'nhad, a mi yrrodd o fo o 'ma'r bora hwnnw.

EMYR: Gwas? Pa was?

DWYNWEN: Ifan. Oedd mam mewn cariad 'efo fo. Fuodd hi byth 'run fath ar ôl iddo fo fynd. Aeth hi'n ddistaw ac yn llonydd ac yn sâl. Sâl yn ei chalon.

*Mae'r **Ddynes** yn crwydro'n araf ar hyd y traeth, gan aros i wynebu'r môr.*

DWYNWEN: Mi driodd hi adael. Mi baciodd hi ei chês, ganol nos. Mi ddois i lawr o'r llofft. "Peidiwch â mynd," medda fi. "Peidiwch â mynd, Mam!"

EMYR: Dwynwen.

DWYNWEN: Mai i oedd o. Taswn i 'di gadael iddi fynd, fysa hi'm 'di gneud amdani'i hun.

EMYR: Hogan fach ddeg mlwydd oed. Doedd 'na'm bai arna chdi.

DWYWNEN: 'Sa hi'n dal yma onibai amdana i.

EMYR: Fedri di'm beio dy hun. Ella . . . ella 'i bod hi'm i fod yma.

DWYNWEN: Fama oedd ei chartra hi. Fama o'n i, fama oedd Dad.

EMYR: Ella 'i bod hi'm yn perthyn yma.

DWYNWEN: Be ti'n drio'i ddeud?

EMYR: Ella 'i bod hi'n unig, a dy dad yn ganol ei waith.

DWYNWEN: Fi oedd yn ei blino hi. Arna i oedd hi 'di laru.

EMYR: Be amdano fo? Oedd ganddo fo hiraeth ar ei hôl hi? Oedd o'n siarad amdani?

DWYNWEN: Siarad? I be oedd isho siarad?

EMYR: Oeddat ti 'di colli dy fam.

DWYNWEN: Fysa siarad ddim 'di dod â hi'n 'i hol.

EMYR: Be nest ti ta? Nest ti grio?

DWYNEN: Hen lol wirion.

EMYR: Pwy ddudodd ei fod o'n wirion? Dy Dad?

DWYNWEN: Doedd na'm bai ar 'nhad! Ddaru o ddim byd, mond trio'i ora glas i neud i'r lle 'ma weithio.

EMYR: Ond be amdani hi, Dwynwen? Ei hapusrwydd hi; doedd hynny ddim yn bwysicach na'r ffarm?

DWYNWEN: Ddim bod yn hapus sy'n bwysig.

EMYR: Dyna ti'n gredu?

DWYNWEN: Dwi'm yn gwbod.

Saib.

EMYR: Be w't ti'n gredu ta?

DWYNWEN: Dwn i'm. Mond y lle 'ma oedd ar ôl. Pen i lawr, torchi llewys a pheidio cwyno.

EMYR: A dyna nest ti.

DWYNWEN: Ia.

Saib.

EMYR: Weithiest di'n galad, yn do.

DWYNWEN: Do.

EMYR: Fuest ti'n gefn iddo fo. Ar hyd dy fywyd.

Saib fer.

EMYR: Nest ti dy ora.

*Mae **Dwynwen** yn nodio.*

EMYR: Sa chdi'm 'di gallu gneud dim byd mwy.

DWYNWEN: Na'swn.

*Mae'r **Ddynes** yn cusanu **Dwynwen**.*
*Mae **Dwynwen** yn beichio crio ym mreichiau **Emyr**.*
*Mae'r **Ddynes** yn diflannu a'r tonnau'n gostegu.*

GOLYGFA 6

*Mae **Dwynwen** yn eistedd ar y gwely yn y llofft. Mae'r cês ar agor ac mae **Dwynwen** yn cydio yn ffrog ei mam. Mae hi'n anadlu'r defnydd yn ddyfn. Mae hi'n gosod y ffrog o'i blaen. Daw **Emyr** i mewn i'r llofft, a'i gwylio am ychydig. Mae **Dwynwen** yn synhwyro ei fod yno ac yn troi.*

DWYNWEN: Ffrog Mam.

*Mae **Dwynwen** yn plygu'r ffrog a'i chadw yn y cês.*

DWYNWEN: Oedd hi'n ddynas hardd.

*Mae **Emyr** yn sylwi ar y cerdyn wedi ei agor ar y gwely. Mae'n codi siec oddi ar y gwely.*

EMYR: Y taliad yn llawn.

DWYNWEN: Geith fynd tuag at rwbath.

EMYR: Y bathrwm.

DWYNWEN: Ella.

*Mae corn y Regata'n canu. Mae **Emyr** yn syllu drwy'r ffenest.*

DWYNWEN: Tybad be fydd hanas y lle 'ma ar ein hola ni?

EMYR: Tybad be fydd ein hanas ni ar ôl y lle 'ma?

DWYNWEN: Unwaith welis i o'n crio . . . yr ha cyn iddo fo farw. Oedd o'n sefyll wrth glawdd Llain Bella, hefo'r garreg 'ma'n ei ddylo. O'n isho gafael amdano fo.

EMYR: Nest ti?

*Mae **Dwynwen** yn ysgwyd ei phen.*

DWYNWEN: O'n i'n gwbod bod 'na fai arno fo. Oedd y ddau ohonan ni'n gwbod. Ond hogan 'yn 'nhad o'n i.

Saib fer. Y ddau yn syllu drwy'r ffenest.

EMYR: Yli, plant . . . tynnu'r clawdd 'na'n grïa. A'i ddeud wrthyn nhw.

DWYNWEN: Na . . . gad iddyn nhw chwara. Ma'n ddrwg gin i, Emyr. Ma'n ddrwg gin i.

*Mae **Dwynwen** yn gafael yn llaw **Emyr**.*
Mae corn y Regata'n canu eto.

EMYR: Ei di i'r rali?

DWYNWEN: Ei di i'r rigeta?

EMYR: Rigeta raga rug.

Eiliad gynnes.

Y DIWEDD

CYHOEDDIADAU DALIER SYLW

DS1 *Y Cinio* (Geraint Lewis)
DS2 *Hunllef yng Nghymru Fydd* (Gareth Miles)
DS3 *Epa yn y Parlwr Cefn* (Siôn Eirian)
DS4 *Wyneb yn Wyneb* (Meic Povey)
DS5 *"i"* (Jim Cartwright – cyfieithiad John Owen)
DS6 *Fel Anifail* (Meic Povey)
DS7 *Croeso Nôl* (Tony Marchant – cyfieithiad John Owen)
DS8 *Bonansa!* (Meic Povey)
DS9 *Tair* (Meic Povey)

CYHOEDDIADAU SGRIPT CYMRU

SC1 *Diwedd y Byd / Yr Hen Blant* (Meic Povey)
SC2 *Art and Guff* (Catherine Treganna)
SC3 *Crazy Gary's Mobile Disco* (Gary Owen)
SC4 *Ysbryd Beca* (Geraint Lewis)
SC5 *Franco's Bastard* (Dic Edwards)
SC6 *Dosbarth* (Geraint Lewis)
SC7 *past away* (Tracy Harris)
SC8 *Indian Country* (Meic Povey)
SC9 *Diwrnod Dwynwen* (Fflur Dafydd, Angharad Devonald, Angharad
     Elen, Meleri Wyn James, Dafydd Llywelyn, Nia Wyn Roberts)
SC10 *Ghost City* (Gary Owen)
SC11 *AMDANI!* (Bethan Gwanas)
SC12 *Community Writer 2001-2004* (Robert Evans, Michael Waters
     a chyfraniadau gan eraill a oedd yn ymwneud â'r prosiect)
SC13 *Drws Arall i'r Coed* (Gwyneth Glyn, Eurgain Haf, Dyfrig Jones,
     Caryl Lewis, Manon Wyn)
SC14 *Crossings* (Clare Duffy)
SC15 *Life of Ryan… and Ronnie* (Meic Povey)
SC16 *Cymru Fach* (Wiliam Owen Roberts)
SC17 *Orange* (Alan Harris)
SC18 *Hen Bobl Mewn Ceir* (Meic Povey)
SC19 *Aqua Nero* (Meredydd Barker)
SC20 *Buzz* (Meredydd Barker)

AR GAEL O: Adran Lenyddol y Theatr,
Theatr y Sherman, Ffordd Senghennydd, Caerdydd, CF24 4YE
Ffôn: 029 2064 6901